無邪気な助っ人
大江戸けったい長屋 2
沖田正午
時代小説
二見時代小説文庫
JN077099

目次

無邪気(むじゃき)な助(すけ)っ人(と)——大江戸けったい長屋2

第一話　無邪気な助っ人

一

「……どないしよう？」

上方弁で呟く、けったい長屋の大家高太郎の顔面は蒼白である。

一月ほど前から母屋に住み着いているお亀という娘が、浅草寺の境内で拐かされたという報せが届いたからだ。

すぐさま御番所には届けられない理由を抱え、その対処に高太郎は苦慮していた。

「こんなとき、菊之助はんがいてくれたら……」

高太郎が頼りとする菊之助は、普段は女物の衣装を着込み、役者気取りで『ぬけ弁天』と二つ名を晒す。市村座の当たり狂言『白浪五人男』の一人、弁天小僧菊之助に惚れ込み、その威勢を我がものとする無頼の傾寄者である。二つ名は、幼馴染の弁天様から頂いた。

牛込の別当二尊院・通称『抜弁天』近くで生まれ、徳川四天王本多平八郎忠勝を祖とする本家の末裔、五千石大身旗本本多平左衛門の四男に生まれた菊之助は、二十歳にして家を追い出されて以来浅草に住みつき五年が経っている。

その菊之助に父親の逝去の報せが入り、今は牛込の実家に戻って不在であった。

部屋の中をぐるぐると歩き回りながら高太郎が考えるも、口から出るのは独り言と、呟きだけである。

何か事が起きたときに、その度胸と腕っ節を頼りとする菊之助は、あと三日もしないと長屋には戻ってこない。

「こんな大事なときにいよらんて、なんでやねん？　まったく、間の悪いやっちゃで」

仕方がないと分かっていても、怒りの矛先が菊之助に向く。

「いや、おらんもんはしょうない。こっちで、なんとかせなあかん」

焦燥が募るも、高太郎の頭の中は堂々巡りの呟きが繰り返されるだけであった。

高太郎の父親は二年前に他界し、弱冠二十歳にして材木商『頓堀屋』と、浅草諏訪町の裏長屋『宗右衛門長屋』の身代を継いだ。近在の人たちからは『けったい長屋』と、からかわれた呼び名で伝わっている。

江戸生まれで江戸育ちの高太郎が、ずっと上方弁で通すのは、三代前の先祖が大坂から来て材木屋を開業し、大坂商人としての矜持もあってか、以来家訓として江戸言葉は禁じていたからだ。そのため、高太郎の上方訛りはどこか異質なところがあり、正調ではない。

頓堀屋は浅草諏訪町に店を構え、大川に沿って材木置き場となっている。浅草御門から通じる蔵前通りに面したほうが、暖簾を垂らした店舗である。頓堀屋の屋敷は店の奥にあり、住まいだけでも百坪以上はあった。

母親はさらに以前に亡くし、兄弟もなく天涯孤独となった高太郎は、数人の奉公人と共に暮らしている。

高太郎の身の回りの世話は、五十歳になる婆やのお鹿が食事の仕度から着物の洗濯までを賄っていた。

大店の跡を継ぎ、そろそろ嫁さんを迎えねばといった矢先に、お亀が転がり込んできたのである。

お亀はつい先だってまで、他人様の懐に手を忍び込ませては獲物を奪う、娘巾着切りとして鳴らしていた。

ひょんな経緯から巾着切りのお亀を匿い、それがきっかけとなって、一月ほど前から母屋に住み着いている。

十八歳というから、高太郎より二歳ほど下である。そのお亀が、どこをどう惚れたのか、高太郎に首っ丈となった。

「――金輪際、悪さはいたしません。だから、おそばにいさせてください」

殊勝な物腰で、さらに目に涙を浮かべて嘆願する。その情に、高太郎は打たれた。

それと、お亀の顔形がぽっちゃり形で、高太郎の好みであったのも、少しは心の隅で影響している。

しかし、いかんせん悪事を生業としてきた娘である。そこに心の葛藤があったが、高太郎はお亀の懸命さを見込んだ。

巾着切り、いわゆる掏り・窃盗から足を洗うという固い決意を担保として、人のよい高太郎は住み込みを許した。

「――あたし、高太郎さんのお嫁さんになるの」

と独りよがりをし、なかば押しかけで来たお亀である。だが、愛だの恋だのといった感情は、今の高太郎にはない。無論、夫婦になるなどと、毛頭も考えたことはなかった。

まずは女中奉公からはじめさせ、徐々(じょじょ)に世間並みの娘にして、真っ当な道を歩ませようとの計らいであった。

婆やのお鹿を差し置いて、お亀は高太郎に献身的であった。三度の食事から小袖、襦袢(じゅばん)、褌(ふんどし)までも手洗いをする。その姿は、端(はた)から見ても女房の域を感じさせた。

「もう、お亀ちゃんに任せとけば安心」

お鹿も、自分の仕事が減ってほっと一息ついている。

高太郎は、番頭以外の店の者たちには、お亀の前歴は黙していた。そのため、すこぶる気立てのいい娘が来たと、奉公人一同喜色満面で笑みを浮かべていた。

「──若旦那、いつお亀ちゃんと世帯を持つんです？」

筆頭手代が、代表して高太郎に問うたことがある。

身代を受け継ぎ今は押されもしない頓堀屋の主人であるが、奉公人たちはいまだに高太郎を若旦那と呼ぶ。

店の運営のほとんどは、奉公人たちに任せており、今は旦那としての修業の身であることを、高太郎自身も自覚していた。

お亀のその献身的な世話に、高太郎は情というものが絡んで来ようかという、そんな矢先であった。

文久三年も卯月も半ば、樹木には若葉が茂り、初夏を迎える季節となった。

野生の躑躅が、隅田川・通称大川の土手に紅色の花を咲かせて群生している。川幅およそ一町の大川では、上り下りの舟人が土手を眺めて憩う、そんなのどかな風景が繰り広げられている。

朝から陽光が降り注ぎ、いく分汗ばむそんなある日の昼下がり。

「――けったい長屋の子供たちを連れて、浅草寺に行ってきます」

お亀が、高太郎に束の間の暇を申し出た。

浅草寺の縁日では、参道に子供が大好きな露天商が派手な化粧幕を垂らして軒を並べている。そこに、子供たちを連れていってあげようというのが、お亀の算段であった。

いっときお亀を、けったい長屋で匿っていた。そのとき、長屋の住人たちから手厚いもてなしを受けた。お亀が真人間になることを決意したのは、見ず知らずの人たちからの、情にほだされたことも一因となっている。

浅草寺の縁日に子供たちを連れていくのは、その恩義を感じてのことであった。けったい長屋は十二世帯の棟割から成る。そこには、七歳から十歳ほどの子供が四人ほどいるが、長屋としては子供は少ないほうである。

その子供たちを、お亀が招待するという。

しかし、けったい長屋の大家でもある高太郎は、お亀の申し出に不安を感じていた。

「まだ、出かけんほうがいいのとちゃうか？」

高太郎が難色を示したのは、薄情からではない。

「どこで、仲間と……」

仲間とは、巾着切りの一味と置き換えてもよい。

高太郎の憂いは、そこにあった。なので、これまでお亀を外出させるには難色を示していた。けったい長屋から母屋に移させたのも、そんな人目を忍ぶためでもあったのだ。

しばらくは、外に出ないほうがよいと自粛させたが、やはり息が詰まるのだろう。

「いえ、そこのところはご心配なく。浅草には、あたしの仲間は一人もいません。万一のため分からないよう、化粧を厚めにして素顔を隠しますから」

化粧においては、菊之助から手ほどきを受けていた。女形（おやま）に変貌するときの菊之助の化粧の仕方は、女から見ても絶品のものがある。

「それと、こんなことも絶対にしませんから」

指を鉤（かぎ）型に折って、その意味を示す。

「そら、当たり前や。まあ、たまには気休めもせんとあかんやろ。お亀が来てから、ずっと家の中に閉じこもりだったしな。ほなら、楽しんできや」

と言って高太郎は、財布の中から一朱と百文ほどの銭を渡し、許しを出した。

「それだけあれば子供たちにうまい物を食べさせ、露天で土産（みやげ）も買えるやろ。気いつけて、行きいな」

「ありがとうございます。それにしても高太郎さん、ほんまいいお人やなあ。惚れ惚れするわ」

お亀が、上方弁を交えて礼を言った。

「そんな世辞（せじ）はいいから、気いつけて行きいや」

気をつけろと、いく度も念を押す。

「浅草は、あたしの刈り場でないから……」

仲間はいないとお亀は言うが、やはり高太郎からすれば、気が気でない。盗賊や、やくざという類(たぐい)はそうやすやすとは足抜けをさせてはくれない世界である。なのでお亀としては、自分では真人間になったつもりであっても、仲間の掟(おきて)がそれを許してくれるかどうか。ほとぼりが冷めるまで、そんな不安がつきまとう。頓堀屋の母屋に住まわせたのは、そんな仲間たちから隔離するためでもあった。

高太郎の不安が現実となったのは、お亀が出かけてから一刻後のことであった。

報せは、お亀が連れていった子供たちがもたらせてきた。

「若旦那、店にけったいな長屋の子供たちが来ています」

手代からの報せを聞いて、高太郎は身が震えるほどの胸騒ぎを覚えた。

「お亀は？」

「それが……」

「おらへんのかいな。もしや……」

一言呟くと、ドタドタと足音を響かせ廊下を急いだ。

店の土間に、真っ赤な顔をして四人の子供が横一列に並んで立っている。

急いで駆けつけたのだろう。汗と鼻水で、それぞれの顔はくしゃくしゃである。

「何があったんや？」

尋常でない子供たちの様子に、高太郎は周りを憚(はばか)ることなく奇声を上げた。

「お亀ねえちゃんが、知らない人に連れてかれちゃった」

子供たちのそれぞれの頭上には火男(ひょっとこ)、赤鬼(あかおに)、お狐(きつね)、お多福(たふく)のお面が載っている。お亀が買い与えた物であった。

十歳になった一番年長の、火男の面を載せた定吉(さだきち)が口早に言った。

「なんだって!」

高太郎の驚愕に怯えたか、七歳になる女の子が大声を出して泣きはじめた。子供心にも、事態の深刻さに怯えている。

「泣かんでもええ……」

子供を慰めるも、高太郎にあとの言葉が出てこない。

帳場で仕事をしている奉公人たちが、みな一斉に顔を向けている。中には、商談をしている大工姿の客も交じっている。

「お亀ちゃんがどうかしましたので?」

四十五歳になる藤治郎(とうじろう)という番頭が、客との話をそっちのけにして訊いてきた。

「番頭はんは、お客はんの相手をしていておくれやす」

ただでさえ忙しい店の者を、こんなことに巻き込んではならない。こんなときは、暇をもてあます菊之助を頼りとしたいが、生憎と今はいない。

五日は帰れないと言っていた。すると、あと三日は戻ってこない。頼みの綱がいない今、高太郎は途方に暮れた。

「どないしようかいな？」

しかし、菊之助が戻るまで、手を拱いているわけにもいかない。高太郎は、はたと考え込んだ。

御番所に頼るのも、お亀の前歴を考えると気が引けてしまう。ここはできるだけ、自分の力で乗り切ろうと、高太郎は自らの心に言い聞かせた。

「おじちゃん……」

高太郎の困惑した様子に向けて声をかけたのは定吉であった。

「そやった。今、一番頼りになるのは、おまえたちだった」

高太郎の頭の中は焦燥が募り、土間に子供たちがいたことも忘れかけていた。

一番上の定吉とは十歳しか齢の開きはないが、高太郎は子供たちからおじちゃんと呼ばれている。普段はいつも「――家賃、家賃」と言って、親を困らせるうるさい大家は、子供の目からは、かなり年上に見えるのであろう。

「訊いたことに、答えてくれへんか？」

土間に立つ四人の子供たちに、高太郎の目が向いた。男の子三人と、一番年下の七歳になる女の子が、高太郎の視野にとらえられた。それぞれ一歳ずつ齢が異なるので、背丈も階段のように段々となっている。

「いいよ」

「うん」

「あい」

子供たちの、そろった声が返ってきた。

二

——はたして、どこまで子供たちが覚えているか。

高太郎は、そこが鍵と踏んだ。

「いい子たちやなあ。あんたらだけが頼りだっせ」

高太郎は板間に座り、子供たちと目線を合わせた。

まずは、面相を柔らかくして高太郎は子供たちと向き合った。誉めることにより子供たちの心は開くとは、父親からの教えであった。

お亀が連れ去られたのは、自分たちのせいだと幼い顔が語っている。そんなしかめっ面の、青ざめた困惑顔が、高太郎の言葉で血色が戻り、そろってほっぺたに赤みが差してきた。

「お亀を連れていったのは、どんな男たちやった？」

「へんなおじさん」

頭にお多福の面を載せ、泣きべそをかいていたお花という女の子が開口一番口にする。もの心ついたときからこの方、親たちから「変なおじさんには気をつけろ」と言い含められている。

「そうやな。変なおじさんてのは分かったさかい、その変なおじさんてのは何人ぐらいいたんや？」

「おじちゃん、さかいってなあに？」

お花が、高太郎の問いに答えず訊き返した。いきなり方言の言葉尻を訊かれても、すぐには答えようがない。子供たちの前では、なるべく上方弁を押さえようとするも、口癖というのは仕方なくどうしても出てしまう。

「これは、西のほうの方言でな、おっちゃんの先祖はあっちのほうの人なんや。そんなんで、どうしてもそんな言葉になってしまう。堪忍してや」

「ううん、おじちゃんのことばは楽しいって、おっかあが言ってた。あたいも、おじちゃんのような話しかたをしたいと思ってたの」

使いようによっては、上方弁は柔らかく聞こえる。お花もそれを咎めようとしたのではなく、むしろ覚えたい気持ちでもって訊いたのである。

「そうか、おおきに」

これで、自分の言葉を曲げずに話ができる。

「お花、今はそんなことを訊いてるときじゃないぞ」

定吉とお花は兄と妹である。定吉が、兄貴風を吹かせて言った。三歳も齢が違うと、言葉もかなり変わってしっかりとしてくる。

「おじちゃん、お亀姉ちゃんを連れてったのは三人だったよ」

「それで、どんな男たちだった？」

「へんな男たちだったよ」

赤鬼の面を載せた、甲太（こうた）という八歳になる背丈が三番目の子が答えた。一歳の違いでは、お花とはさして違わない答が返ってくる。

「どこが変だったんやろ？」

高太郎は、それを咎めることはしない。気持ちの中では焦りもあったが、ここは落ち着きが肝心と、子供たちと正面から向き合った。

言葉は柔らかく、顔を真剣にすれば、幼い子供たちでも真顔で返してくる。

「一人は、こんなところに傷があったよ」

背丈が二番目の、お狐の面を載せた乙松という九つの子が答えた。言いながら、指で右の頬に縦線を引いた。

九歳ともなるとそんな仕草もあって、答え方が一段と変わってくる。

「ほう、よく覚えておったの。えらいやっちゃで」

まどろっしくもあるが、ここは一つ一つ糸口を引き出していく以外にないと、高太郎は大きくうなずきながら褒めた。

そうなると褒められたいか、われ先にと口が開く。

「一人は、眉毛が毛虫のように太かったよ」

「そいつ、げんじろうって呼ばれてた」

定吉の話に、乙松が乗せる。

「名まで覚えてたんかいな。乙松は天才かもしれへんな、ほんまに……」

「天才って何？」

褒められたかどうなのか、まだ言葉に馴染みのない乙松が問い返した。

「すごく頭がいい人ってことやねん。そんな調子で答えてや」

「うん、わかった」

自分も褒められたいと、甲太が大きく首を縦に振った。

「おじちゃん、立ってみて」

高太郎が今いるところは、土間よりも七寸ほど高い板間である。その上がり框に高太郎は立ち上がった。

高太郎の背丈は、五尺三寸ほどである。高太郎の顔を、甲太が首を反らし、天を仰ぐように見上げている。

「そのくらい、背の高い人だったよ」

五尺三寸に七寸足せば、およそ六尺にもなる大男である。

「その男が、お亀姉ちゃんの手を引っ張ってった」

「おっかなかったー」

定吉が答えると、お花が再び声を出して泣きはじめた。

「お花ちゃん、泣かんでもええで。この高太郎にいちゃんが、必ずお亀ちゃんを取り返すさかいな」

と豪語しても、高太郎にはまだどうしてよいのかまったく手立てが浮かんでこない。

ただ、この場では子供たちに弱みを見せたくはないとの思いがこもっていた。

　高太郎の頭の中では、ある程度の予想がついていた。

　――お亀を連れていったのは、昔の仲間。

　だとすると、仲間を裏切った廉で手酷い折檻が待っている。そんなところに思いが至り、高太郎の焦燥は募るばかりである。

　とりあえず子供たちを家に帰し、高太郎は自分の部屋の中をぐるぐると歩き回りながら、知恵を絞っている。

「……どないしよう？」

　やはり、思い浮かぶのは菊之助の傾いた姿である。

「……こんなとき、菊之助はんがいてくれたら」

　いないものは仕方がない。

「やはり、ここはわてが……」

　と、気持ちを奮い立たせるも、何ぶんひ弱に育っている。生まれてこの方、喧嘩一つしたこともない。腕力には、まったく自信がなかった。

　さてどうしようかと考えているところに、手代の声が聞こえてきた。

「若旦那、先ほどの子供たちがまた来てますけど」

「さよか……」

店に出ると、定吉と乙松が土間に立っている。一度長屋に帰り、とんぼ返りで戻ってきた。

「どないしたんや？」

「おじちゃん、おいらたちもお亀ねえちゃんをさがしてやるよ」

定吉が、嬉しいことを言ってくれる。

「甲太とお花はまだ小さいから、家に残してきた」

乙松が、一端の口を利いた。

まだ十歳と九歳になったばかりの、洟垂れ小僧であるが言葉はしっかりとしている。けったいなほどお人よしで、人情味が溢れる面々が住む長屋である。そんなところが『けったい長屋』と呼ばれる所以であった。そこに住む親たちが持つ精神は、子供たちにも受け継がれている。

助っ人が子供では、頼りないところがある。だが、自分自身も頼りないと高太郎は自ら思っている。

「……しょうもない。頼りない同士でいきまっか」

呟きながら、高太郎の顔から笑みがこぼれた。

高太郎が思うものの、乙松の顔は引き締まり、見るからに利発そうである。それと、定吉は十歳にしてはが体が大きく、腕っ節が強そうだ。高太郎と喧嘩をしたら、定吉に分があるようにも見える。

この二人を絡めれば、なんとかなるのではと高太郎は、踏ん切りをつけた。藁にも縋りたい心境であったが、藁どころではないけっこう心強い助っ人になると高太郎は踏んでいた。

「よっしゃ、ほなら一緒にお亀を捜すとするかいな」

うまいことお亀を捜し出せたとしても、あとをどうするかまでは考えていない。

「そんなのは、あとや。今は、お亀を捜し出すことが先決やさかいな」

高太郎が、意気込みを口にして立ち上がった。

「ほなら、お亀が連れ去られたところに案内しいな」

まずは、どんな状況であったかを知ることだ。子供二人を引き連れ、高太郎は、聡明・辣腕でその名を残す神田明神下の岡っ引平次親分にでもなった心持ちだ。

「番頭はん……」

高太郎は、番頭の藤治郎を呼んだ。

「何か……？」

「わてはこれからお亀を捜しに行くさかい、店のほうをあんじょう頼みまっせ」

「どうぞどうぞ、行ってらっしゃいませ。店は手前らにお任せいただいて、ごゆっくりお亀を捜してきてくださいませ」

「なんや、ごゆっくりって。そんな、悠長なことを言ってる場合やないんや」

いてもいなくても、店の運営にはなんの差し障りもない主人である。しかも、普段出かける際はそんな断りも入れずに黙っていなくなる。それでもなんら問題なく、頓堀屋は動いている。

「お亀も若旦那が救いに来ることを待っていることでしょう。店を案ずることなく行ってらっしゃいませ」

番頭の藤治郎に励まされ、高太郎は子持縞の小袖の上に、同柄の羽織を被せた。

三

定吉と乙松に案内をさせ、高太郎はお亀が連れ去られたという現場へと赴いた。

夕七ツになっても、縁日の浅草寺は、参道から境内まで大勢の人でごった返している。

石畳の沿道には所狭しと、香具師の商う露天が立ち並んでいる。

「お面を買ったのは、あの店だよ」

乙松が、子供が被るお面を売る露天を指差して言った。今は、子供たちの頭にはお面は載っていない。

雷門を潜り、参道を歩き宝蔵門・通称仁王門の手前十間ほどのところであった。

仁王門を潜れば、浅草寺の境内である。

それにしても、夥しい人込みである。

「……こんなところで、人を拐かすことなんてできるんかいな？」

高太郎が、人の多さに呆然としている。

「おじちゃん、こっちだよ」

定吉が、高太郎の手を引っ張り、仁王門を潜って境内へと入っていく。

境内に入ると、右手東側に五重の塔が、先端の宝珠を天に向けて建っている。古来の五重の塔は寛永八年に全焼し、今あるのは、二百十五年前の慶安元年に、三代将軍家光の命によって建立された塔である。

秘仏本尊観世音菩薩・通称観音様が祀られる本堂の手前に、お参りする前に身を清める常香炉がある。

高太郎が常香炉で気持ちを清めるのを、子供たちは後ろで待った。

線香の清めの煙を浴びて、高太郎が振り向いた。

香を供え、身を清めたところまでは何ごともなかったと、そこまでは聞いている。

「それで、どうなったんや？」

「ここのあたりで、お亀姉ちゃんが三人の男に取り囲まれて、あっちのほうに連れていかれた」

乙松が指を指すのは、五重の塔である。

「乱暴されたんか？」

「ううん、大男に手を引っ張られていった」

定吉が、答えた。抵抗はしなかったらしい。

「大人しく、ついていったんかいな」

「ううん、そうじゃないよ」

乙松が、首を振った。

「大男が『おとなしくしねえと、子供たちもつれてくぞ』って言ったのが聞こえた」

やはり、乙松は利発な子であった。父親は、兆安と名乗る鍼灸治療師である。それだけに、言葉のツボをよく心得ている。

「そんな言葉まで、よく覚えておったな」

「おいら、耳がいいんだ」

お亀が、子供たちを巻き込まないために、抵抗もせず大人しくついていったのだと取れる。乙松の声には、震えが帯びている。

「そのときお亀は、何か言ってなかったかいな？」

「さいしょは『いやだっ』と言って嫌がってたけど、大男の話に『……わかった』って言ってた」

乙松が、思い出し出し口にする。顔を真っ赤にして、一所懸命に思い出そうとしているのが伝わってくる。

「それで、おいらたちはそのあとを追ったんだ」

定吉の話である。

「でも、ほっぺに傷がある男が振り向いて『ついてくるんじゃねえ』って……」

すごすごと引き返したのがよほど悔しかったのか、定吉の目には涙が溜まっている。

五重の塔の方向に向かったならば、東側の二天門（にてんもん）から外に出ていったと考えられる。

東側の二天門から馬道（うまみち）に出て、北に向かえば日光（にっこう）・奥州（おうしゅう）、水戸（みと）に通じる街道である。南に向かえば、頓堀屋が面する蔵前（くらまえ）通りから日本橋（にほんばし）へと向かう道である。

はたして、どちらに向かったかまでは分からない。

二天門から馬道に出た高太郎は、どちらに向かおうかと迷った。

「さて、いったいどっちに行ったんや？」

首を左右に振って、独りごちた。

もし、南に向かって蔵前通りを通ったなら、頓堀屋の前を通るはずだ。ならば、誰かが気づいてそんな気配があったかもしれない。

「そういえば……」

高太郎は、お亀が言っていたことを思い出していた。

「浅草は、あたしらの刈り場でないと言ってたな。そうなると……」

そんな独り言が、乙松の耳に入る。

「おじちゃん、何を考えてるんだ？」

「お亀を連れてった奴らが、どっちに行ったかを考えてたんや」

「だったら、お亀姉ちゃんが連れていかれるときに、声を出して言ってた。『あっちかわは怖いよ』って。

「あっち側は怖いよってか……なんのこっちゃ？」

謎めいた言葉に首を傾げて考えるも、すぐに答は浮かんでこない。

「あれは、おいらたちに向けて言ってたんだ……きっと」

乙松の言い分は、その言葉の意味に行き先が含まれているとのことであった。

「また、謎かけかいな」

謎かけめいた言葉に、どんな意味が含まれているのか、高太郎の固い頭ではなかなか思いつくものではない。

「それだったらあっちだね」

乙松が、馬道の北を指して言った。しかし、北に向かっても何もない。吉原田圃（よしわらたんぼ）がつづくだけで、巾着切りの刈り場としてはいささか寂しいところだ。

吉原の遊郭があるが、まさかその中だけでは凌ぎを得るのに狭すぎる。それに、遊郭には怖いものなど何もない。

「なんで、乙松はあっちだって分かるねん？」

「おじちゃんは、あっちのほうに何があるか知ってる？」

「ん……？」

解く鍵を授けられても、高太郎の頭は傾くだけだ。

「いや、分からんなあ」

「だったら、子どもが怖いものっていったら、なーんだ?」

とんち問答のような問いが、乙松からかかった。

「そりゃ、雷とちゃうんかい?」

高太郎は、浅草寺の入り口にある雷神・風神を思い浮かべて言った。

「ちがうで、おっちゃん」

高太郎の上方弁が移ったかのように、乙松が返した。

「問答なんかしてる暇はあらへん。なんなんや、答は?」

「それはね、これだよ」

乙松が、両手を前に差し出し、恨めしそうな顔をして見せた。

「なんやそりゃ……おばけかいな?」

「うん」

「そう」

定吉と乙松の答が同時に返った。

「おばけっていうと、こづか……あっ!」

定吉が指を指した方向を真っ直ぐ行けば、千住(せんじゅ)の手前に仕置場がある。俗にいう、小塚原(こづかっぱら)の刑場である。仕置きの済んだ獄門台(ごくもんだい)には三つ四つの晒し首が載って、恨めしそうに道行く人たちを見やっている。大人でもその気味悪さに、足速に前を通り過ぎる。ましてや子供では幽霊までも思い浮かべ、恐ろしさも加わり足が竦み歩けなくなるという。

お亀が、小塚原刑場に連れていかれたのでないのは、むろん分かっている。その先十町も行ったところに、荒川と隅田川の境となる千住大橋が架かっている。その先橋の南北一帯が、奥州日光道一番目の宿場の千住宿である。

お亀はこれまで、自分がどこの生まれだとは、誰にも語っていない。高太郎も、あえて以前のことには触れずにいた。

「……そうか、お亀が言ってた刈り場ってのは千住だったんや」

しかし、腑に落ちないことがある。

高太郎とお亀の出会いは、浅草広小路である。お亀はそこで、武士の懐から財布を掏った。獲物の財布には、五十両近くの小判が詰まっていた。

「……なんで浅草まで来て、仕事をしたんや？」

真人間になると信じて、そこまで問うことはなかった。今にして、高太郎の脳裏にそんな疑問が浮かんだ。

おそらくお亀を連れていったのは、千住を刈り場としている巾着切りの仲間と考えられる。

「……となると、足抜けの折檻は酷いもんやろな」

高太郎の、独り言と呟きが止まらない。

「おじちゃん、これからどうすんのさ？」

そこに、定吉からの問いがかかった。

どうすると言われても、その先の算段がつかない。宿を捜し当て、乗り込むとしても高太郎と子供二人では、到底太刀打ちできそうもない。お亀を救い出すどころか自分、いや子供たちを危険に晒すことになる。

十中八九、千住宿に間違いないと踏んだ高太郎は、今すぐにでも駆けつけたい衝動に駆られたものの足が向かない。

「さて、どないしよう？」

迷っている間にも、お天道様は大きく西に傾いてきている。子供連れではこの先無理と、取り合えずの結論を出した。

「一度戻って、どないしようか考えるとしよう」

「すぐに、行かなくてもいいの？」

「定吉は、行きたいんか？」

「ああ、行きたい。そんで、お亀ねえちゃんを助けてやるんだ」

むざむざと目前で連れ去られた、自分たちの責任だとばかりに口にする。

十歳にしてこの頼もしさはどこから来るのだと、十歳上の高太郎は自分の非力さに恥じる思いもあった。だが、ここは焦って無理をするところでないと、冷静さまでは失っていない。

「これからだと暗くなり、途中でおばけが出るやもしれんで」

子供たちには難所の小塚原刑場が、思い浮かぶ。

「おじちゃんは、おっかないんか？　おいらは、へっちゃらだけど」

定吉は行く気満々で、高太郎をせっつく。

「おいらも、平気だ。おっとうが、この世におばけなんかいないと言ってたから」

乙松も、千住の方向に体が向いている。

「いや、駄目や。ここは一度戻って、策を練るところや」

「なんでえおじちゃん、だらしねえな」

定吉の、この一言で高太郎は冷静さを失った。

子供にけしかけられては、引っ込むわけにもいかないと、高太郎の頭に血が昇る。

「よっしゃ、ほなら行ってみますかいな」

お亀が千住宿にいるという証はどこにもない。ただ子供たちが思い浮かべた、勘だけである。しかし、お亀が千住にいるかどうかを、確かめることくらいはできるだろう。高太郎の気持ちは、千住に向いた。

夕七ツを報せる鐘が鳴ってから、四半刻ほどが経つ。子供連れでは暮六ツまでに着けるかどうか。

「そうや、いいことがある」

大川沿いに出れば船宿がある。川舟を雇えば、四半刻ほどで千住の河岸に着けるはずだ。しかも、いやな小塚原の刑場の前を通らずにすむ。

四

一刻半ほど前のことである。

お亀は参道の露天で子供たちにお面を買って与え、観音様にお参りしようと仁王門から境内へと入った。

「――込んでるから、離れちゃ駄目よ」

お亀のうしろに、四人の子供たちがくっついてくる。

「おいらたちは、へっちゃらだい」

いつも、浅草寺の境内を遊び場としている子供たちである。そんな注意も、子供たちにはどこ吹く風だ。むしろお亀のほうが、浅草寺には馴染みが薄いし不案内である。

「でも、人攫いがいるから気をつけないと」

注意を促すも、それから間もなくして攫われるのはお亀である。

常香炉の煙を浴びて身を清め、さてお参りとお亀が振り向いたところであった。

「こんなところにいたんか」

一際背の高い男の声が　お亀の耳に届いた。

「あっ！」

と驚くも遅い。お亀は三人の男に囲まれていた。みな顔見知りであるが、お亀にとって、一番会いたくない男たちでもあった。

厚化粧を施していたが、顔を隠すにはそれだけでは足りなかった。

「子供たちを引きつれ、受け子にでもさせてるんかい」

四十歳前後の、四角い顔に毛虫のようなげじげじ眉の男が、お亀に声をかけた。

乙松が、源次郎と言っていた男である。深川を刈り場とする、掏りの一味の頭領であった。

「そんなんじゃないわよ。あたしはきっぱりと足を洗ったんだから……」

お亀の顔は、そっぽを向いている。

「それでのんびりと、子供づれでお参りってわけかい。いいご身分になったじゃねえか。堅気になってまともな娘を気取ろうなんて、そんな道理が通るとでも思ってやがるんか?」

「………」

返す言葉が浮かばず、お亀は立ち竦む。それを、下から四人の目が心配そうに見つめている。

「とにかくここではなんだ。大人しく、ついてきな」

人込みの中では、大声を出して無理やり引き立てたりはしない。逆に、お亀のほうが大声を出し、助けを求めようと思うも、子供たちの身が危なくなってくる。

ここで見つかったが百年目である。

「いやだね。あたしはもう……」

それでも、一度は抗い(あらが)を見せた。

悪事から足を洗ったと訴えるも許してくれないことは、お亀も百の承知である。だが、掟破り(おきて)は一味にとっての重罪である。足抜けの折檻が、お亀の気持ちの中で重くのしかかった。

「はいそうですかって、許されるほど甘くはねえぞ」

「いやだと言ったらどうされます？」

「力ずくでも連れていかなきゃ、しょうがねえだろ」

源次郎が言ったと同時に、六尺もある大男の、駒蔵の太い腕がお亀の上腕に絡みついた。無理やりにも、引きつれていこうとするのを、お亀は足を踏ん張り拒む。

「ついてこねえと、子供たちも連れてくぞ」

源次郎の野太い声が、お亀の頭上に降り注いだ。子供たちを盾に使われては、堪忍せざるを得ない。

「分かったわよ」

お亀が三人の男に取り囲まれて、連れていかれる。そのときお亀は一瞬振り向き、

『あっちの川は深くて怖いよ』と、小声で一声発した。

そのうしろを、ぞろぞろと子供たちがついてくる。すると頬に向こう傷のある男が振り向き「ついてくるんじゃねえ」と発し、そこで子供たちの足が止まった。

花川戸の船宿で川舟を雇い、四人が舟に乗ると水押は、南の下流に向いた。

千住に向かうなら、船首は北に向くはずだ。

乙松の耳は、お亀の言葉を正確に聞き取れてはいなかった。

舟を漕ぐ船頭に話を聞かれてはまずいと、舟の上で源次郎は無言であった。

大川に飛び込もうと頭をよぎるも、お亀は三人にとり囲まれて、逃げるに逃げられない。向こう傷のある、小六という名の男が持つ匕首の鋒が、お亀の横腹に当たっている。艫で櫓を漕ぐ船頭からは、その状況が死角となって見えてはいない。

舟は大川を下り、新大橋を潜って間もなく左手に合流する、小名木川に水押が向いた。

小名木川の吐き出しに架かる万年橋を潜り、二つ目の高橋近くの桟橋に舟が着いた。堤に上がると、そこは海辺大工町と呼ばれる町屋である。川端を十間ほど歩き、路地へと入った。細い道を二つ三つ曲がったところの角地にある一軒家は、店の造りであった。軒に垂れる看板には『口入　時任屋』と書かれてある。口入屋を隠れ蓑とした、一味の宿であった。

主人夫婦の居間である八畳間の真ん中に、お亀は座らされた。

後ろ壁にある神棚を背にして、三十代半ばの女が座っている。前に長火鉢が据えてあり、女はその火種に赤銅色した煙管の雁首を当てた。

その脇に源次郎が座り、夫婦が一対となった。

「これまで育ててあげた恩義も忘れやがって、足抜けするとは太え了見だ。そんなことが許されるとでも思ってやがるんか」

ここに来て、初めて源次郎の怒号をお亀は浴びた。

幼くして孤児となったお亀を拾い、掏りに育て上げたのは源次郎とお国という夫婦であった。本来ならば、義理の親子としての深い恩義を感じるものだが、お亀にとってはまったく異なる。無理やり巾着切りに育て上げられ、稼ぎの薄いときの折檻は容赦ない。隙あらば逃げ出そうと、いつも頭の中に思い描いていた。

「お父っつぁん、もう掏りなんていや」

血のつながりはないが、源次郎はお亀に、お父っつぁんと呼ばせている。

お亀が、両手を畳について訴えた。

「ふざけるんじゃねえ。お姫様の格好をさせ、八幡様の縁日で一儲けしようと思ったら、いつの間にかいなくなりやがった。まさか、浅草にいるとは思いもよらなんだぜ」

「なんで、浅草にいると……？」

浅草に足を踏み入れたこともない源次郎が、なぜに浅草寺にいたのかは、お亀が不思議に思っていたところである。

「おめえは、浅草で仕事をしたそうだな。ここを逃げ出して二日ばかり経ったころだ。侍の懐から五十両の金を掏ったらしいじゃねえか」

「どうしてそれを？」

お亀の声に震えが帯びている。

浅草に逃げたお亀の懐には一文もなく、仕方なく侍の懐に手を入れてしまった。その獲物がなんと、五十両近くあったのには驚いた。捕まったら、一発で打ち首獄門は間違いない。そこで知り合ったのが、けったいい長屋の大家高太郎と、その住人の菊之助であった。

「分かった。たかりの文太とちょろまかしの権吉たちね？」

浅草でお亀の獲物を横取りしようとした、ならず者二人の名を口に出した。深川のやくざ一家に身を置いていたが破門され、浅草に移ってならず者となった虫けらたちである。そこから報せが飛んだと、お亀は解釈した。

「あの二人以外、考えられない」

お亀の居所を報せ、たんまり礼金を受け取ったのだろうと。

「誰だっていいじゃねえか。はいそうですって、口に出せねえのが、俺たちの仁義だってのはおめえにもよく分かってるだろうに。そんなことより、どう落とし前をつける？　あんまり手荒なことはしたくはねえが、それじゃ子分たちに示しがつかねえからな」

源次郎を頭とする掏りの一味は、小名木川から南側の、深川一帯を刈り場として二十人ほどの配下を抱える一大勢力であった。

「まったくだよ。巾着切りの腕は本物だけど、どうしてこう捻くれて育っちまったのかね」

弁柄色の子持縞に黒襟の小袖を着込んだ、三十代も半ばを過ぎたお国が煙管の煙草を燻らせながら言った。お亀を母親代わりとなって育てたというが、そのほとんどは、ご定法に背く掏りの手ほどきである。

この夫婦は、身寄りのない子供を引き取っては巾着切りに育て上げる。そんな義理の子供を男女合わせて、十人ほど抱えている。お亀はその中でも、凄腕に育った一人であった。

「恩を仇で返すってのは、こういうことだよ」

憤懣やる方ないと、お国は長火鉢の縁に煙管の胴を叩いて、煙草の火玉を飛ばした。

「あんたがだらしないから、お亀に逃げられるんじゃないか」

お国の憤りが、夫の源次郎に向いた。

「すまねえな、お国」

源次郎が詫びを言う。

「すまないと思ったら、二度と逃げないようなんとかおしな」

癇癪もちの女房が、亭主を怒鳴りつけた。

「ああ、分かった。二度と変な気を起こさねえよう、こっぴどく折檻してくれる」

「顔と腕だけは傷つけちゃ駄目だよ。大事な商売道具なんだから」

親といっても情容赦ない、苛辣なやり取りであった。

「とりあえずは、三日三晩飯を与えず、物置の中に放り込んどけ。それでもまだ根性が治らねえようだったら、体を痛めつけても思い込ませる。それでも駄目なら、簀巻きにして大川に放り込んじまえ」

足抜けの、段階を踏む折檻である。うな垂れているお亀を脅すかのように、源次郎の指図が、大男の駒蔵に向いた。

「へい、分かりやした。おいお亀、立ちな」

怯えで足が竦むか、抗いなのか、お亀はなかなか立ち上がらない。

「いい加減にしやがれ、この大馬鹿が！」

怒号を発して源次郎が立ち上がるとお亀に近づき、その背中にこれでもかとばかりの蹴りをくれた。お亀は堪らず、畳の上に横たわった。

「お父っつぁん、勘弁して」

こんな親でも、お父っつぁんと呼ばなくてはならない。真っ当になると誓ったお亀にとって、耐えられない屈辱であった。

「勘弁も堪忍もならねえ。許してもらいてえと思ったら、あした八幡様の縁日が立つ。そこで、最低でも五十両稼いで来い。それができなきゃ、三度の飯はお預けだ」

「もう、盗みは……」

金輪際やらないと誓ったお亀である。高太郎とけったい長屋の住人たちとの情は、切っても切れない縁としてお亀の心の中にしっかりと刻まれていた。

――高太郎さんが、必ず助けに来てくれる。

それを信じて、お亀は抗いの首を振った。

「まだ、俺の言ってることが分からねえようだな」

源次郎の、げじげじの眉が吊り上がり、四角い顔が真っ赤に上気し、赤鬼の形相である。乙松の頭にあった、赤鬼の面を彷彿とさせる。

畳に横たわるお亀の黄八丈の小袖に向けて、源次郎がさらに二度ほど蹴りを飛ばした。「いっ、痛い」と悲鳴を発するも、顔を顰めてお亀は耐えた。

「そのくらいにしておやり」

母親らしき言葉が出たと思ったらそうでもない。

「それ以上痛めたら、あしたの仕事に差し支えるじゃないか。金を稼ぐ道具なんだから、大事におしよ」

冷酷無比なお国の言葉に、お亀は畳に顔を伏せた。涙が落ちて、畳に染みを作るも今は耐える以外にない。

母屋の外に、十畳ほどの広さがある物置小屋が建っている。外から南京錠がかけられ、お亀はその中に閉じ込められた。物置といっても、何も家財は置かれていない。そこは、子分たちがしくじりを犯したときに、折檻のために留め置かれる小屋であった。

点す灯りはなく、小屋の中は薄暗い。ぼんやりとした明かりがあるのは、天井近くに無双窓があり、そこから外の明かりが漏れ入るからだ。手が届かずに、窓を開けることはできない。

小屋の奥に衝立があり、その裏側が雪隠となっている。以前留置されたことがある、番屋の留め置き場よりも劣悪な環境だと、お亀は思った。

床は固い板敷きで、蒲団などない。お亀にとって幸いなのは、季節は夏に向かうころである。蒲団がなくても、夜は凌げそうだ。

三度の食事を与えられないよりも、明日無理やりやらされる務めのほうが、遥かに辛い。お亀は、それから逃れる術をどう見い出そうかと、両膝を抱えて考え込んだ。

五

花川戸の船宿で川舟を雇い、高太郎と子供が乗った舟は、上流へと水押を向けていた。

暮六ツまではまだ半刻以上残っているが、そろそろ西の空が赤みを帯びてくるころとなった。

滅多にない船旅に、定吉と乙松ははしゃいでいるも、高太郎の頭の中はお亀をどうやって救うかで一杯である。のどかな船旅など、味わってはいられない。

大川の流れは穏やかで、四半刻もかからず千住大橋の手前にある桟橋に舟が着いた。

「着きましたぜ」

船頭が、桟橋の杭に舫を絡ませながら言った。舟を固定し、子供たちを安全に降ろす。

「もう、おりるの？」

定吉が、不満を口にした。

「遊びやないんやで。これから、お亀ちゃんのいるところを探すのやからな」

舟が着いたのは、荒川の南岸である。土手を登ると、そこは千住大橋の南詰めであった。

千住大橋の南岸は下宿と呼ばれ、本陣のある北側は本宿と呼ばれている。宿場としての賑わいは、遊郭ややっちゃ場がある北側に分があった。

「さてと、どこに行きますかいな？」

南詰めの橋の袂で、高太郎は行き先に迷った。掏りの一味の居所を、どこでどうやって訊いてよいのか分からぬまま、陸へと上がった。

「道行く人に、掏りの一味はどこに住んでますかなんて、訊けまへんなあ」

独り言が口につき、高太郎が動こうとしない。

「どうしたの、おじちゃん」

乙松が訊くも、高太郎は困惑した表情のままである。

「これから、どないしょうかと思ってな」

いざ千住までは来たものの、現場に立つと気持ちがぶれるだけである。

「おじちゃん、あそこに番屋があるぜ」

定吉が、道の端にある自身番を指差して言った。

「そや、番屋なら分かっかもしれへんな」

頼れるのは、乙松が覚えていた『げんじろう』という名である。その名を出したら、何か知れるかもと高太郎に俄然やる気が出た。

公（おおやけ）に、自分は掏りですと名乗って仕事をする者などいない。そんな名の巾着切りが、以前に捕まったかどうかを訊くだけならば、番屋に限る。

「まったく覚えがねえし、聞いたことのねえ名だなあ」

番屋の番人が、首を振りながら言った。そんな巾着切りとどんな関わりがあると訊かれたが、知らなきゃ詳細を語るにもおよばないと、高太郎はそそくさと番屋から出た。

下宿にある一軒目の番屋では、源次郎という名の掏りには辿（たど）りつけなかった。

さらに南をと思ったものの、その先は小塚原町とあり、子供はちょいと足が竦む場所である。北側のほうが賑やかと聞いて、千住大橋を渡ることにした。

四半刻ほど歩き、宿場番屋や役所など三軒ほどで訊ねたが、どこもそんな名の巾着切りは捕まったことはないという。六尺もある大男と、向こう傷、そしてげじげじ眉毛の特徴を出すも、どこもみな首を振るばかりであった。

すでに夕日が、秩父(ちちぶ)の山塊に身を隠すころとなっていた。

遠くから、暮六ツを報せる鐘の音が聞こえてきた。

子供たちを帰さなければ、親たちが心配する。結局、お亀の足取りをつかめることなく、この日の探索はあきらめることにした。


宵五ツになっても高太郎と定吉、そして乙松が浅草諏訪町に戻ってこない。

頓堀屋の大戸は閉まるも、店の中では騒動が持ち上がっていた。

定吉と乙松の父親が押しかけ、どこに行ったと詰め寄るも番頭の藤治郎は、浅草寺に行くと聞いているだけで、それ以上は答えようがなかった。

「いくら大家といってもだねえ、子供たちをこんな時限まで連れだすなんて、ちょっと非常識過ぎるんじゃないですかい？」

定吉の父親は担(かつ)ぎ呉服商の定五郎(さだごろう)という。葛籠(つづら)に古着や反物(たんもの)を入れ、担いで商いをする呉服の行商を生業としている。齢は三十も半ばにさしかかる。重い荷物を担いで歩くので、体が大きく筋肉もたくましくできている。体は剛健でも、物腰は商人としての奥ゆかしさがある。普段は温厚で鳴らす定五郎が、声高になっている。

一方、乙松の父親である兆安が、くりくりに丸めた坊主頭を振るい、こめかみあたりに青筋を浮かべている。

鍼灸治療師である兆安を、けったい長屋の住人たちは『灸屋』と呼んでいる。二人とも、安政の大地震で家を失い、そのとき浅草に辿り着きけったい長屋に住み着いた。被災した長屋を、高太郎の先代が買い取り建て直したのが八年前である。それ以来の住人である。齢は一歳ほど兆安が下だが、震災を味わった境遇から、定五郎とは馬が合う。

「うちの子は、まだ九つになったばかりだ。こんな夜更けまで、どこ連れ回しているんだね。いくら大家だって、やっていいことと悪いことがある」

兆安の顎骨の張った顔は、いかにも強情そうだ。鼻の穴を広げて息荒く、藤治郎を責め立てる。二人とも、普段は人のよさが先に立つが、やはり子供のこととなれば眼差しも、厳たるものとなる。ともに三十半ばの働き盛りで、二人ともけったい長屋に相応しい、癖のありそうな顔立ちである。

「定五郎さんも灸屋さんも、落ち着いてくださいませんか。うちの若旦那はああ見えても、意外としっかりしてますから」

藤治郎がそう言っても、なんらの慰めにはならない。

「それにしても、まだ戻ってこないとは……いったい、何をやってんだい？」

「捜しに行こうにも、どこもあてがなけりゃ捜しようもない」

定五郎と兆安の心配が、さらに募った。

「……まったく、困ったもんだ、うちの若旦那にも」

番頭の藤治郎の呟きが、定五郎の耳に入った。

「駄目だよ、番頭さんが主人を悪く言っちゃ。俺たちがああだこうだ言って、大家を責める分には仕方ないけどな。あんな頼りなさそうな主でも、少しは持ち上げてやったらどうだい」

逆に兆安から、慰められる始末であった。

「お亀ちゃんが三人の男たちに連れ去られて、それを捜しに行ったと娘のお花が言ってたが」

「番屋に届けたら……いや、そいつはできないか」

兆安が案を出そうとするも、途中で言葉を止めた。

お亀がそういった筋もちだというのは、長屋のみんなが知っているところだ。そして長屋中で匿い、お亀を真人間にさせようと気持ちを合わせている。奉行所の役人には、頼りたくはなかった。

「お亀ちゃんを連れてったってのは、きっと以前の仲間だろ。定五郎さんは、お亀ちゃんの生まれがどこだかって聞いてますかい？」

兆安の問いが、定五郎に向いた。

「いや。詳しいことは知らない」

ここは、高太郎と子供たちの安否を探るのが先だと定五郎が口にする。

「とにかく、こんなところで燻（くすぶ）っていたってしょうがない。どうだい兆安、俺たちも捜しに動くとするかい？」

「定五郎さんに、手がかりがあるんで？」

「いや、まったく……うん、ちょっと待てよ」

定五郎が、あらぬ方向を向いて考えはじめた。

「そういえば、お亀ちゃんはこんなことを言ってた。あの娘（こ）が長屋に来てから小袖をいく着か、大家が俺から買ってくれてな、古着を選んでいるときだった」

何を思い出したか、定五郎が経緯（いきさつ）を語っている。

「あんとき、お亀ちゃんはふとこんなことを言ってた。『あたし、富ケ岡（とみがおか）……あらいけない』ってな。ちょっと口が滑ったんだろうが、そのとき俺はさして気にもしないでいた」

「うちの若旦那は、それを知ってますかね?」

「いや、どうだか。あんときの様子じゃ、聞こえてなかったようだな」

定五郎が、藤治郎の問いに返した。

「富ヶ岡ってのは、八幡宮のことか。すると、お亀ちゃんが連れていかれたのは、深川か?」

兆安が、鼻息を荒くして考え込む。

「それに違いないだろうな。そうなると、大家は定吉と乙松を引き連れ、深川に向かったのかもしれねえ」

「浅草から深川は、かなり遠いぞ。二里近くはある。子供連れとあっちゃ、歩いていけば片道でも一刻はかかる」

「乙松が出ていったのは、夕七ツ少し前って女房が言ってたから……」

「大家の馬鹿野郎、子供づれでそんな遠くまで行ったのか。しかも、夕方の出立で」

定五郎が、顔面一杯の皺を作り、苦渋の表情で言った。

「となると……いや待てよ、深川に行ったんじゃないかもしれん」

兆安が、考え込んだ。

「どうして兆安はそう言える？」

「浅草寺に様子を見に行ったと言ってましたよね、番頭さん」

「ええ。お亀ちゃんが連れていかれた現場を見てくると」

兆安の問いに、藤治郎が答えた。

「深川に、歩いていくのだったら、蔵前通りを通るだろうに。だったら、何があっても店に寄って、どこそこに行くと必ず告げるはずだ」

「なるほど。それがないってことは……？」

兆安の話に定五郎は得心するも、さらに心痛は重くのしかかる。

「……ただごとじゃないな、こいつは」

苦渋の表情で、呟いた。

宵五ツの鐘が鳴ってから、四半刻ほどが過ぎている。もう、捜しに行ける刻ではない。だが、いてもたってもいられない心境でもあった。

どうしようかと考えているそこに、閉まった大戸の切り戸が開いた。戻ってきたかと三人の顔が向くが、入ってきたのは定五郎の女房の、おときであった。

「おまえさん、まだ帰ってこないのかい？」

お花を、寝かしつけてきたという。

兆安の女房のおよねは、この日は今戸の実家に戻っていて留守であった。なので、倅乙松の失踪はまだ伝わってはいない。

「まさかおまえさん、三人とも殺されちまったのではないのかねえ」

「滅多なこと、言うんじゃねえ」

おときの嘆きで、不安が絶頂に達したところであった。

閉まっていた切り戸が、ガタリと音を出して開いた。そして、

「遅くなって、すんまへん」

と、聞こえてきたのは、高太郎の上方弁であった。そのうしろで定吉と乙松が、元気そうに笑顔を浮かべている。

「まあ、泥だらけになって」

おときが、子供たちの汚れた形を驚いた目で見ている。

高太郎には、三人の男たちの怒り顔が向いている。

「どないしたんや、そんなにおっかない顔して?」

心配かけやがってと、一里四方に届くほどの、三人のそろった怒号が響いたのは言うまでもない。

六

よほど疲れたか、定吉と乙松は店の板間に横になって寝息を立てている。

その体には、風を引かないようにと、頓堀屋の職人が着る厚手の印半纏が被せられている。

傍らで、五人が車座となった。奉公人たちは、朝が早いとすでに寝静まっている。番頭の藤治郎だけが、輪の中に入った。

「お亀ちゃんの、居場所が分かりましたで」

「どこだ？」

険しい口調で、定五郎が問うた。まだ、怒りが治まっていない表情である。

「それが、深川でんがな」

「やはり……」

「やはりって、定五郎さんは知ってなはったんで？」

怒りの治まらぬ定五郎の面相に向けて、高太郎が恐る恐る訊いた。

「お亀ちゃんが長屋に来たとき……」

定五郎が、そのときの様子を語った。次第に、表情も柔らかくなってきている。

「そうだったんや。初めて聞きました」

そのときのお亀の失言は、高太郎の耳には入っていなかった。

「だったら、なんで深川だと分かったので？」

問いは、兆安からであった。

「それがな……」

お亀が仲間に見つかり、連れていかれたところから高太郎は語りはじめた。

千住宿では、まったく手がかりがつかめず、一度浅草に戻ることに決めた。日も暮れかかり、刑場の前を通るのはいやだと三人の意見が合致し、舟で帰ることにした。

千住の河岸で拾ったのは、浅草花川戸(はなかわど)への帰り舟であった。

「そんときわては、もしかしてと思いましてな……」

船頭に、訊ねた。

するとうまいことに、その船頭は昼間深川に、心当たりの客を乗せていったと言う。

意外なところに、手がかりがあった。

「——ほなら、酒代を弾むから」

と、高太郎は一分金を船頭の手に握らせた。

「――これから行くと、夜になりますぜ」

と、船頭は言うも、高太郎の気は急くばかりである。定吉と乙松を、頓堀屋の船着場に降ろすことさえ失念していた。

もっとも、定吉も乙松も浅草で降りるつもりは毛頭なかった。お亀失踪事件に首をつっ込み、冒険心で心を弾ませている。

隅田川から小名木川に入り、船頭は一味が降りた桟橋まで覚えていた。着けた桟橋に船頭を待たせ、三人は陸へと上がった。

夜の帳が下り、あたりは暗さが増している。ありがたいのは、月半ばの満月である。東の空から中天に昇り、影が差すほど明るく照らす。しかし、物陰に入ると漆黒の闇となる。

海辺大工町の番屋でもって、源次郎の名で訊ねた。すると、思い煩うことなく、難なくその宿は知れた。

「――それだったら、そこの角を曲がって……時任屋って口入の看板がかかってるからすぐに分かる。そんなところに、子供連れで何しに行くんだい？」

と、たまたま番屋に居合わせた岡っ引きから訊ねられた。しかし、お亀が攫われたと、ここでは言えない。

「いいえ、ちょっとこの子たちに道を訊かれましてな。わてもこの辺に来たばかりで……」

「兄さんは、上方の人かい？」

「いいえ、浅草生まれの江戸っ子でんがな」

「江戸っ子は、そんな言葉を使わねえぞ。まあ、そんなことはどうでもいいけど、夜は暗えから気をつけていきな」

「おおきに」

と返事をして、高太郎たちは番屋から出た。

口入時任屋は、すぐに見つかった。しかし、定吉と乙松を抱えては、すぐに踏み込むわけにもいかない。もっとも、高太郎一人であってもそんな勇気はない。

真っ暗闇の物陰に隠れて、しばらく様子を探ることにした。

「……こんなとき、菊之助はんがいてくれたらな」

一気にお亀を取り返せるものと、高太郎はどうにもならないもどかしさを漏らした。

すると仕事からの戻りか、若者が切り戸を開けて入っていく。不思議に思えるのは、それがいく分かの間を空け、いずれも二人が一組となっていることだ。

掏りは、財布を抜き取る真打と、獲物を受け取る受け子の二人組で動くことが多いという。まさに、そんな輩たちと見受けられる。

「……口入屋を隠れ蓑にした、掏りの宿やな」

三組ほど帰宅の様子を見たところで、高太郎は戻ることにした。

「いや、ちょい待ちいな」

独りごちて、高太郎の気が変わった。

「すぐに行くから、定吉と乙松は舟に戻っていてや」

「おじちゃん一人で、何をするの？」

定吉が訊いてきた。

「家の周りを一周して、様子を探るんや。この家の中に、お亀はいるはずやからな」

「だったら、おいらたちも行く。おじちゃんだけでは、頼りないんでね」

「生意気なやっちゃな。ほなら、いっしょに行きまっか？」

高太郎も、独りでは不安であった。

家の周りは、黒塀で囲まれている。

少し奥まったところに、月明かりに照らされた母屋の屋根が見える。塀の上には、松の枝がはみ出している。

「そや、いいことがあった」

高太郎が、見越しの松を見ながら言った。

暗くなったとはいえ、まだ夜というには早い。子供連れで歩くに、不思議に思われないぎりぎりの刻限である。そこに高太郎の思いが至った。

「あんたら、大きい声で唄いなはれ」

「何を唄うの？」

定吉がなんでだと、首を傾げながら訊いた。

「いつも、長屋の中で騒いでるあの唄でんがな。なんてんだか知らんけど、いつも唄ってる、あのけったいな数え唄や」

「そうか、お亀ねえちゃんに聞こえるようにだね」

「さすが、乙松はよう分かっとる。賢いもんや」

乙松が誉められては、年上の定吉としては立つ瀬がない。

われ先にと、定吉が大声で唄い出した。

〽一つ　ひっくり返って　ひざすりむいた

　二つ　ふるえて　しょんべんたらす

あとを追うように、乙松が調子を合わせて唄い出した。

〽　三つ　見ちゃった　おやじの野ぐそ
　四つ　よくないことして　ぶん殴られた

「いつ聞いても、下品でくだらない唄やな」

高太郎が、苦笑いして口にする。

「おじちゃんも、唄いなよ」

定吉が、けしかける。

「わては恥ずかしくて、よう唄えん。そんなけったいな唄、誰が作ったんや？」

それでも、お亀に届けとばかりに、高太郎も声をそろえた。

五つ六つと数えて唄い、九つになったところで家を三分の二周ほどした。

〽　九つで　殺され

　とうで　とうとうあの世にいーった

唄い終わったところであった。

「おじちゃん……」

と言って、乙松が立ち止まった。視線は塀の下側を向いている。

「どないしたんや？」

「穴が空いてる」

背の低い子供にしか気づかない、塀に空いた小さな穴であった。犬猫ならば潜(くぐ)れるほどの大きさである。

「この穴が、どうかしたんか？」

「おいらだったら、くぐれる」

乙松が、意外なことを言い出した。

「なんやて？」

「おいら、この穴をくぐって中を見てくる」

「そりゃ、いくらなんでも……」

高太郎が言うのを、定吉が遮る。

「だったら、おいらも行く」

　しかし、定吉が潜るには穴が小さい。十歳にしては大きく育っているのと、子供での一歳の違いは体に大きな違いがある。すると、定吉は腰を屈(かが)めて穴の端の板をつかんだ。そして、顔面を真っ赤にして力を込めると、ベリベリと音がして木片が手に握られている。穴が、横にいく分開いた。

「これなら、おいらも入れる」

　定吉が笑いながら言った。しかし、高太郎が入れるほど穴は大きくはない。

「無茶しよんなあ。危ないからやめとき」

　しかし、はいそうですかと、素直に言うことを聞く子供たちではない。

「おじちゃんは、ここで待ってて」

　高太郎が止めるのも聞かず定吉、乙松の順で中に入っていった。

　盆栽が載る棚に隠れ、母屋をうかがう。まだ、雨戸は閉まっていない。すると、榑(くれ)縁(えん)の内側にある障子戸が開いた。

　六尺の大男が、庭を見回している。

「あっ、あいつ……」

「しー」

乙松が声に出そうとしたのを、這いつくばった泥の付いた手で、定吉が口を塞いだ。

「どしたのさ、駒蔵?」

つづいて榑縁に立ったのは、お国であった。

「どうした、お国?」

源次郎が榑縁に出てきて、乙松はさらに驚くも声を立てるのは堪えた。

「今しがた、変な音がしやしてね」

答えたのは駒蔵であった。

「そうかい。あたしには、聞こえなかったね。子供たちの、くだらない唄は聞こえてたけどさ」

「俺にもだ。猫か犬じゃねえのか?」

「いや、お頭。念のため……」

と言って、駒蔵が庭へと下りてきた。

定吉と乙松は、見つかるまいと息を潜ませる。盆栽の棚の暗い陰に隠れているが、気配を感じているのか駒蔵が近づいてくる。

「やばいよ」

「だまってろ、乙松」

声にならない声を、定吉が発した。吐く息が聞こえるほど近づいてきた。

二人は、息を殺した。

すると、盆栽の棚の手前でもって駒蔵が向きを変えた。その先に物置小屋が建っている。南京錠を外して引き戸を開けると、駒蔵は中へと入った。そして、すぐに出てきて南京錠をかけた。

定吉と乙松の目の前を通り、駒蔵は母屋へと戻る。

「お亀が逃げ出したのじゃないかと思いやして」

「それで、いたのかい？」

「ええ、大人しくしてやした。どうやら、あっしの思い違いのようで」

「そうかい。だったら、呑み直そうじゃないかい」

「ついでに、雨戸も閉めとけ」

源次郎の指図で、駒蔵が雨戸を閉めた。母屋からの明かりはなくなったが、月の明かりは庭を照らす。定吉と乙松は暗がりから出ると、物置小屋に近づいた。しかし、引き戸は南京錠がしっかりとかかって解くことができない。

二人は、小屋の裏側に回って板壁を叩いた。

「誰かいるの？」

中から娘の声がする。

「お亀ねえちゃん……？」

「その声は、定吉ちゃん」

「乙松もいるよ。高太郎おじちゃんも、外にいるから」

板壁越しの、やり取りであった。

「さっきの唄はやっぱり……」

「ああ、おいらたちだ」

乙松が、答えた。

「おかげで、元気が出たわ。でも、鍵がかけられてて出られない」

「あした、おっとうたちが必ず助けに来るから待ってて」

自分たちでは、助け出せないのは分かっている。父親たちに頼ると、定吉が言った。

「だったら、お昼前に来て……」

そこで、お亀の声は止まった。南京錠を外す音が聞こえ、引き戸が開く音が小屋の裏側にも聞こえてきた。

「お亀、めしだ。腹が減っては、あしたの仕事ができねえだろうとな、お頭の言いつけだ。だが、めしも今夜だけだぞ」

手下が、にぎりめし一個が載った皿を置いて、外へと出た。

静けさが戻ると、お亀の声が再び聞こえてきた。

「みつかったら、大変。もういいから、帰って。でも、来てくれて本当に嬉しかった」

「それじゃ、おいらたちは行くからね」

気配を殺し、定吉と乙松は塀の穴から外へと出た。這いつくばったおかげで、寝巻きのようなつんつるてんの小袖は泥にまみれている。

七

定吉と乙松から聞いた話を交え、高太郎の話はここまでであった。

「お子たちを、危ない目に遭わせてすんまへん」

詫びを言って、語りを締めた。

「子供たちは戻ったんだから、もういい。さてと、帰ろうか。おとき、定吉を起こしな」

「あいよ」

おときが立ち上がり、定吉と乙松を起こしにかかった。

定五郎が立ち上がり、それに合わせて兆安の腰も上がった。

「ちょっと待ってくれまへんか？」

高太郎が座ったまま、二人の父親を引き止めた。

「お亀ちゃんを、救うてやらなあかん。どうか、手え貸してくれまへんか？」

「手え貸してくれまへんかと言われてもなあ……」

「定吉と乙松は、勇気を奮って探ってきてくれはったんです。親であるあんさんらは、見捨てなはんのでっか？」

顔を真っ赤にして、高太郎は訴える。お亀を取り戻すのに、目の前にいる定五郎と兆安だけが頼りであった。

「どうか、力を貸してくれへんやろか。このとおり、お願いします」

高太郎は、畳に伏して嘆願をする。

「どうする、定五郎さん？」

「こんなとき、菊ちゃんがいてくれたらなあ」

長屋の住民の大概は、男でも女でも菊之助を菊ちゃんと親しみ込めて読んでいる。

「女みたいに風変わりな野郎だが、腕っ節は相当だっていうじゃないか」

「かかあ連中が、きゃあきゃあうるさくてしょうがねえ。うちのおときだって二言目には……まあ、そんなことはどうだっていいや。それよりも、どうしたもんだか？」

定五郎が、腕を組んで考えはじめた。

「菊ちゃんがいないとならば、俺たちの手でやるしかねえな」

呟くように定五郎が言う。

「そうだな。子供たちがせっかく探してきたんだ。俺たちが引っ込んでいるわけにもいかんだろ。大家さんを助てやろうぜ」

定五郎の提案に、兆安が乗った。だが、心配ごともある。

「俺たちは、ただの町人だぜ。掏りの一味を相手に太刀打ちなんぞ……」

定五郎が口にしたそのときだった。

「おっとう」

目を覚ました定吉が、父親の定五郎に声をかけた。乙松と並んで立っている。

「どうした、定吉？」

「おっとう、おじちゃんを助けてあげて」

「なんだと？」

定五郎の、驚く顔が向いた。そして、定吉はつづけて言う。

「高太郎おじちゃんは、お亀ねえちゃんのことが大好きなんだ。それとねえちゃんは、おいらたちを危ない目にあわせないように、おとなしくあいつらについていったんだ」

そして乙松が、兆安に向けて言い放つ。

「おとうが強いの、おいら知ってる。喧嘩じゃ負けたことがないと、いつもいってるじゃないか」

「うちのおっとうだって、強えぞ」

定吉が、乙松に向けて競った。

「分かったよ。お前らに言われなくたって、俺たちの手でお亀ちゃんを救ってやると決めている。だから、心配するな」

「ほんとかい、おとう？」

「ああ、本当だ。俺と定五郎さんが組めば鬼に金棒だ」

と兆安は子供たちの手前強がりを言ったが、悪党どもとどう対峙するかまでは考えていない。

「俺と兆安で行って、とっちめてきてやる。今度は俺たちが、菊ちゃんの代わりにやってやろうじゃねえか」

定五郎が、意気込んで腕をめくって見せた。その二の腕には、彫り物はない。

「ああ、そうだな。菊ちゃんがいないなら、ここは俺たちが出張る以外にないだろ」

この二人も、菊之助に負けず劣らずのけったいな輩であった。他人の困りごとを、黙っては見過ごせない性格の男たちである。だが菊之助との決定的な違いは、喧嘩度胸で身を切る無頼と違って、一介の商人と灸屋である。

そんな二人が、決意を込めた。

「よっしゃ、ほならお亀ちゃん奪還作戦を練るとしますかい」

高太郎も、二人の心意気に乗った。

「おときは子供たちを連れて、家に帰ってろ。おっ母ちゃんがいねえんだったら、乙松はうちに泊まりな」

「おいら、おっかあがいなくたってへっちゃらだい」

「いいから泊めさせてもらいな、乙松」

「わかった」

乙松もそれが嬉しいようだ。にっこりと、笑って返した。

「手前が送っていきましょう」

蔵前通りを隔てた向こう側に宗右衛門長屋こと、けったい長屋がある。近くであるが、夜も更けたことだしと番頭の藤治郎が付いていくことにした。

「すまないな、番頭さん」

定五郎が、頭を下げた。

「あした、深川に行くけどいいかい?」

高太郎が、藤治郎にうかがいを立てた。

「ええ、もちろんですとも。必ず、お亀ちゃんを連れ戻してきてくださいよ」

「……おおきに」

高太郎は呟くほどの小声で、頭を大きく下げた。

翌日の朝、高太郎は定五郎と兆安と共に深川へと向かった。

花川戸の船宿で川舟を雇い、隅田川を下った。

「おや、きのうの……」

夕べと同じ船頭であった。この日も、舟賃としては破格の一分金を高太郎は弾んだ。

一分は一両の、四分の一である。

「帰りは、もう一人増えるかもしれない」

と言ったら、船宿の主がもう一人船頭をつけてくれた。

四人の客を乗せれば、大き目の川舟となる。舟首で水棹を手繰り、艫で櫓を漕ぐ。

さすれば、安定感と速さが増す。お亀を乗せて、逃げるにありがたかった。

定五郎と兆安の姿は、普段の仕事のときと同じである。定五郎は町人髷を整え、小袖に羽織を被せ、腰に前掛けを垂らしている。反物と古着の入った、葛籠を担ぐ。

兆安は、たっつけ袴に黒の十徳を羽織り、手には鍼灸治療の道具が入った薬籠を手にしている。高太郎も、まったく普段と変わらぬ姿であった。

昼四ツ前に、口入時任屋の前に立った。

仕事を求める客は、まばらである。口入屋を隠れ蓑にした、窃盗一味の宿である。

手はずどおりに、乗り込む。

まずは、灸屋の兆安が動いた。高太郎と定五郎は、少し離れたところで待つ。

「ごめんなさいな」

手近にいる手代風の男に、兆安が声をかけた。

「旦那様の源次郎さんに呼ばれて、鍼灸治療をしにまいりました」

言うと兆安は、相手の返事も聞かずに板間に上がった。

「旦那様の部屋に、ご案内していただけますか？」

手代が兆安を源次郎の部屋へと案内する。すると源次郎は、長火鉢を前にして煙草を吹かしているところであった。

「お呼びいただきまして……」

と言って、兆安が部屋へと入った。

「なんだ、おめえは？」

「お呼びいただきました、灸屋で……」

「頼んだ覚えはないぞ」

「こちらは、時任屋さんでは？」

「そうだが……」

「きのうの夕、ご新造さんがまいられまして、ご主人様がお疲れの様子なので、あすの四ツごろ来てくれと」

女房のお国が、部屋にいない場合での台詞（せりふ）であった。

「そうか。お国が呼んでくれたってか。気が利（き）いてるな」

「針がよろしいか、灸がよろしいか……こり具合を見まして判断いたしましょう」

言って兆安は源次郎の背中に回り、肩の周辺から揉みはじめた。

少し間を空けて、次は葛籠を担いだ定五郎が店へと入っていく。

「ご新造さんのお国様から頼まれまして、反物を用意しました」

やはり、相手の返事を聞かずに定五郎は上がり込んだ。

「ご新造さんの部屋はどちらで……？」

小僧に、お国の部屋に案内させた。

「呉服の、三高屋（みつたかや）でございます」

「あたしは、頼んだ覚えがないよ」

お国は部屋の中で、繕（つくろ）い物をしている最中であった。源次郎とは、一つ部屋を挟んだ六畳の間である。

「旦那様から、ご新造さんの着物を新調してあげたいと頼まれまして……」

「おや、珍しいことがあるもんだね。だったら、遠慮なく選ばせてもらおうじゃないか」

部屋に入ると、定五郎はさっそく葛籠の蓋を開け反物を五反ほど取り出した。

「帯などもございます。併（あわ）せていかがでございましょう？」

帯と一緒に、帯留のついた三分紐などの小物類を並べた。

「どれがいいかしら、目移りするわね」

五反の着物生地を広げ、お国が迷っている。

「これなんぞ、いかがでしょう。ご新造さんに、とてもお似合いで」

心にもない世辞を言って、子持縞(こもちじま)の柄(がら)を勧めた。


源次郎の部屋では、うつ伏せにさせて背中に灸をあてている。

「……定五郎さんも入れたみたいだな」

そろそろ行くかと、兆安は源次郎の背中にいく分大きめの艾(もぐさ)を盛った。山になった艾の先端に、線香の火種をつけた。狼煙(のろし)のような、一際大きな煙が立ち上がる。ジリジリと、山焼きが裾野へと広がっていくようであった。やがて、

「熱っ……あちちちち」

お灸の火が肌に届いたか、熱さに堪らず源次郎が起き上がった。

「火傷(やけど)しちまうじゃねえか」

「へい。灸というのは、火傷をするもので」

言って兆安は、薬籠の中にあった畳針のようなものを取り出すと、その先を源次郎のうなじにあてた。

「何をしやがんで？」

「騒ぐんじゃねえ。ちょっとでも動いたら、今度は針治療となるぜ。この針は、ちょ

っとばかり太いんでな、刺したと同時によく効く。コリも痛みも、全部取れて極楽に行けるぞ」

「誰なんだ、てめえは？」

「大人しくしてろと、言ったろ」

チクリと痛みを生じさせると、源次郎は石像のように固まった。


一間置いた部屋で、定五郎は源次郎の熱がる声を聞いた。

それが合図となり、定五郎は般若の帯留が先端に付いた三分紐を握ると、投げ縄のようにお国の首に向けて投げつけた。シュルシュルと音をたてて、般若の帯留が飛び、お国の首に三分紐が巻きついた。

「何をするので？」

目を血ばしらせて、お国は苦しがる。

「言葉を放つと、余計に紐が食い込みますぜ。死にはしねえから、そのまま立ち上がって旦那のところに行きな」

お国はゆっくり立ち上がると、源次郎の部屋へと足を向けた。紐が首に巻き付いて、言葉を発せない。

「お国……」

「おまえさん」

二人を部屋の真ん中に座らせる。

「お亀ちゃんを返してもらおうか」

定五郎が、眼光鋭く言い放つ。

「お亀をどうしようってんで?」

「もう、あんたらの仲間ではないぞ、あの娘は」

「いや、お亀は渡せん」

源次郎が抗うも、声音は観念をした様子だ。そこに騒ぎを聞きつけて、大男の駒蔵と向こう傷の小六が、匕首を構えて入ってきた。

「どうしたんです?」

「こいつらは、何者で?」

駒蔵と小六が問うも、源次郎には答が出せずにいる。兆安が、うなじに針の先端をあてているからだ。

すでにお国は、怯えで腰が抜けている。

「お亀ちゃんを、引き取りに来た。小屋の中から、連れてきてもらおうじゃないか。

いやだと言ったら、プツリと親分の首を刺すぜ」

「それと、お亀ちゃんを返してくれなければ、ここには御番所の役人が来る手はずになっている。だが、お亀ちゃんを返してくれたら、御番所への届けはしない。どっちがいいか、考えてみな」

「いいから、お亀を連れてこい」

源次郎が、苦しげに兆安と定五郎の言葉を聞き入れた。

それから間もなくして定五郎と兆安、そしてお亀が、高太郎が待つ店の外へと出てきた。

「怪我はなかったか、お亀？」

「ええ、大丈夫です。きのうの夜、若旦那と定ちゃん乙ちゃんが来てくれて本当に嬉しかった」

目に涙を浮かべてお亀が言う。

「もう、あいつらはお亀に近寄ってきやへんで、安心して浅草で暮らしなはれ」

高太郎は、定五郎と兆安が中にいる間に、手はずを整えていたことがあった。

「あと半刻もしたら、あの口入屋は跡形もなく潰れまっせ」

時任屋の看板を見やりながら、高太郎は言った。

「俺たちが、御番所には届けないと言っておいたら、すんなりとお亀ちゃんを返してくれた」

「嘘も方便てことだ。掏りをのさばらせておいては、世の中のためにならねえからな」

何事もなかったように、四人は引き上げる。そして、四人は小名木川の桟橋へと向かった。舟に乗り、小名木川の吐き出しに架かる万年橋の下を通るところであった。

頭上で、慌しい足音がする。町方の捕り方役人が二十人ほど、六尺の寄棒(よりぼう)や刺股(さすまた)を抱えて走る姿があった。

「時任屋に向かうんでっせ」

源次郎たち、掏りの一味が捕らえられたところまでは見ていない。

川舟の、上での話であった。

「それにしても、よくもあんなくだらない唄を誰が作ったんや?」

「ほんま、けったいな唄ですわよねえ」

お亀が上方弁を交え、笑いながら言った。心から安堵した、くったくのない笑みであった。

「くだらない唄で、悪かったな」

兆安が大川の土手に咲く、躑躅(つつじ)の花を見やりながら言った。

第二話　一手千両将棋

一

賭け将棋で糊口を凌ぐ天竜が、頭を抱えて悩んでいる。

テカテカに光る禿頭には赤みが差し、熱がこもるか、頭のてっぺんから陽炎までも立ち上っている。

真剣師としてその名を轟かせる天竜には、珍しい姿であった。

「……ああ、どうしようか？」

けったい長屋に昼過ぎに戻ってから二刻も経ち、夕暮れが迫るころとなるが、口から出るのはそんな嘆きばかりである。

狭い六畳間をぐるぐると回り、思案に耽っている。将棋の一手の読みでも、これほどの長考は今までにない。どんな難題が天竜に持ち上がったのか、それは当人しか知り得ぬ悩みであった。

「……五万両か」

四十歳にもなるが独り身で、呟く言葉から色恋沙汰ではなさそうだ。どうやら大金が絡む困惑のようだが、五万両とは一介の町人が口にするにはいささか大きすぎる額である。それだけに、貸し借りに関わる額でないことは確かである。

天竜は以前将軍家御用達、将棋家元十一代大橋宗桂の弟子だったことがある。まともな職業棋士であったが、ちょっとしたいざこざに巻き込まれ、破門となって真剣師に身を落としていた。職業棋士としての実力は五段とも、八段ともいわれていた。素人将棋の名人と目されるが、いくら強かろうが表舞台からは、完全に干される身であった。

末は名人となり、大橋家一門の後継者となるのをほぼ約束されていた。だが、その天竜が今は六畳一間の長屋暮らしに、ひっそりと身を窶している。

将棋の腕が活かされ、飯の種とするのは賭け将棋以外にない。だが、博奕は天下のご法度であり、表立っては賭け将棋を生業とできるものではない。そこで、裏社会の真剣師として生きるものの、近ごろの天竜はそれすらもままならなくなっていた。

素人(しろうと)将棋にしては、あまりにも強すぎる。そのために、相手が徐々にいなくなり、今では五枚落ちとか七枚落ちの条件戦でもってしても、尻り込みをして逃げられてしまう。よほどの将棋好きであっても、天竜には敵(かな)わぬとの評判が立ち、相手を探すのに苦労するこのごろであった。

そんな天竜の元に、とんでもない話が飛び込んできた。

季節は夏に近づき、蒸し暑い夜。

天竜の苦慮は夜にまでも持ち越され、眠れぬ夜を迎えていた。行灯(あんどん)の明かりを消すもなかなか寝付かれず、目が冴えたまま真っ暗な天井を見やっていた。

「将棋でも、こんなに考えたことはないな」

持ち時間が無制限の対局であっても、よほどの難局でない限り、半刻もあれば指すことができる。

これまで天竜が一手に費やすのに一番多く時をかけたのに、一刻半の長考があった。昼八ツ半ごろから手が止まり、ようやく一手を進めたのは、日が落ちる暮六ツを報せる鐘が鳴ったところであった。それでも局面は、中盤に差しかかった場面である。

勝負の行方を左右する重要な局面で手筋に迷い、天竜は長考に沈んだ。

こっちがこう指せば、相手はこう来る。こう来たら、ああなる。そんな指し手の手順が浮かんできては、最後にたどり着くのは敗着である。そうなると、最初の一手から考え直しとなる。そんな読みが永遠とつづくのが、将棋や囲碁というものの真髄である。

そのときよりも、遥かに長く考えている。

将棋指しや碁打ちで身を立てる輩の集中力というのは、凡人には計り知れないものがある。そんな天竜が、半日以上集中して考えても、行き着く当てのない難題とは――。

「いくらなんでも五万両の勝負なんて、素人将棋の俺にはできない。あした、きっぱりと断ることにしよう」

たったこれだけの結論を出すのに、どれほど時を使って考えたことか。それでも気持ちを決めれば、いく分かさっぱりとする。

夜四ツの鐘が遠く聞こえ、大江戸八百八町の町木戸が閉まる刻となった。

気持ちが落ち着いたせいもあり、天竜はようやくまどろみの中に落ちようとしていた。

天竜の眠りを妨げたのは、思案がぶり返したからではない。

「……誰かいやがるな」

呟きは、天井裏の気配に向いている。

大家が『頓堀屋』という材木屋だけあって、長屋の建屋は頑丈にできている。天井の梁も安普請ではない。手練の忍びなら、音を立てることなく忍び込むことができる。一棟が、六軒に分かれた棟割り長屋である。どこからどう天井裏に忍び込んだのか、気配は天竜の頭上で止まった。

カタリと、天井の羽目板が外れる音がする。耳を澄まさなくては聞こえないほどの小さな音である。

天竜の耳は、それをとらえた。

気づかぬ振りをしていれば、賊は降りてくるだろう。

――俺のところに盗みなど入っても、何もねえのに。

天竜のところばかりではない。こんな貧乏長屋のどこに押し入っても、稼ぎなどにはありつけない。

誰が考えても、簡単な読みである。

「……だったらなぜ？」

と、よぎった瞬間、天竜は背中に凍りつく冷たさを感じた。

――俺の命を狙ってか？

なぜにと、考えている暇はない。殺気は、すぐそこにまで迫っている。

相手の持つ得物は、匕首か刀か。暗闇の中、目が慣れている相手のほうが、遥かに分がある。

このままでは殺られる。

素手ならば天竜も腕に覚えはあるが、断然不利な暗闇の中で襲われては、太刀打ちもままならない。

天竜は、寝床の周りを手で探った。すると、いつも棋譜を並べている将棋盤が手に触れた。そこには、無造作に将棋の駒が撒かれて載っている。その一駒を、天竜は手にした。

大きさと盛上の文字に触れると、角駒と分かる。

天竜は、天井の羽目板に向けて、角駒を飛ばした。角は斜めに飛んで、羽目板に命中した。それと同時に殺気は消え、賊の気配はなくなった。

朝の光が窓の隙間から射し込み、部屋は明るみを帯びている。

天竜は、目を覚ますと天井に目を向けた。すると、いく分羽目板がずれている。やはり賊が押し入ろうとしたのが、これで確認できた。

ただ、誰がなんのためかまでは、すぐには考えがおよばない。

畳に、角駒が落ちている。

天竜は、その駒を拾い考えた。

「……五万両と、関わりがあることかい？」

行き着く読みは、そこしかない。だが、それにしても腑に落ちることはない。

「まだ、なんとも返事をしていないしな。それも、断ろうかと思っているところだ」

独り言は、自分に語りかけるものであった。

それでないとすれば何かと、別の読みへと移る。まるで、将棋の手順を考えているようだと、天竜はふっと鼻息を鳴らして苦笑った。

いくら考えても、殺されるような思い当たる節はない。

「……あのとき、十両せしめた逆恨みか？」

賭け将棋で、十両儲けたことを思い出すが、とても天井裏に忍び込んでまで殺意を抱けることではない。また、そのような大それたことができる男でもなかった。

そんなことを考えているうちに、外はかみさん連中の声が賑やかとなった。

「菊ちゃんが、戻ってきているようだね」

長屋の女たちに人気がある菊之助のことを、朝っぱらから噂にしている。

父親が逝去して、実家に帰っていた菊之助が、けったい長屋に戻っている。

「そうか、菊之助がいたか……」

こんなときの菊之助は心強い。天竜は思いがおよぶと立ち上がり、寝巻きを着替えて小袖を羽織った。


相談事を抱え、天竜は菊之助の家の前に立った。

「弁天さん、いるかい？」

一言声をかけ、引き戸に手をかけたところで、中から戸が開いた。危うく鉢合わせするところであった。

「あれ、天竜さんがこんな朝早くから珍しいね」

普段の傾いた派手な衣装とはまったくかけ離れた、千本縞の小袖に同柄の羽織を被せた地味な出で立ちであった。

「折り入って、弁天さんに相談があってな」

菊之助を弁天さんと呼ぶのは、天竜だけである。齢の差は十五歳ほどあるが、それだけ菊之助を敬う気遣いが感じられる。

天竜の話に、菊之助の顔が困惑気味となった。

「弱ったな。これから急ぎ、行かなくてはならないところがあるんだけど。また三、四日いなくなるが、それからだと間に合わないですかね？」

菊之助は以前、天竜を賭け将棋に連れ出し、事の解決に当たったことがある。そのときの恩義を、忘れてはいない。なので、菊之助は迷った。

「そうか、ならいいんだ」

天竜は、それだけ言うと身を翻（ひるがえ）した。

「ちょっと、待ってくださいな。少しだけなら、話は聞けますが……」

「いや、いいんだよ弁天さん。あんたも、相当に急いでいるように見える。それと、普段の格好からして容易なことではなさそうだ」

急ぐ理由（わけ）だけでも語るのが筋道と、菊之助は義理を重んじる男である。

「親爺が死んだら、今度はお袋が今日か明日の命でして……そんなんで、夕べ一度戻り、また実家に行かなきゃならないところで」

立てつづけに実家の不幸に見舞われての、とんぼ返りであった。

「そんなら早く行ってやらねえと。こっちのほうは気にせんでくれ」

「いや、こんなに朝早くから天竜さんがおれのところに来るなんて、よっぽどのことがあったんでしょうよ。場合によっちゃ、実家に行くのは取り止めだ」

　菊之助は止まり、天竜の話を聞くことにした。

「いや、いけねえよ。たったひとりのお袋さんが大変だってのに引き止めちゃ、俺の寝覚めも悪い。早く行ってやらねえと……」

　死に目に会えないとまでは、縁起が悪いと口には出さない。

　菊之助は、ここで一つの結論を出すことにした。

「だったら、きょうの夕方までには戻ってきます。それからでも、間に合いますかね？」

　臨終を看取るまで、菊之助は戻らないつもりであった。そして、それを機に実家の本多家とは、永遠に縁を切ろうと考えていた。だが、天竜の尋常でない様子に、その考えを翻（ひるがえ）す。

「いや、本当にいいんだ。弁天さんが、他人（ひと）の困りごとを断れない性質（たち）だってよく分かってるのに……かえってすまなかったな」

　天竜の禿頭は、自然にできたつるっぱげである。将棋で頭を使い過ぎて、髪の毛は五年前にはすっかりと抜け落ちていた。毛穴もなくなり、見事なほどの光沢を放っている。その頭を、天竜は深く下げた。

いつもの天竜らしくないと見た菊之助は、言葉を探した。

「いや、お袋に一言別れを告げられればいいことなんで。最期を看取るよりも、生きてる人のほうが大事ですから」

穀潰し(ごくつぶ)の自分が、親の死に目に会えないことは端(はな)から覚悟している。母親には、息のあるうちに一言謝り(あやま)さえできれば、それでよしと考えていた。

「そんなんで、話を聞くのは今夜でもいいですかい?」

「なんだか、申しわけないいな」

「いや、とんでもないですよ。だったら暮六ツまでに戻りますので、出かけないでください」

「当たり前だ」

天竜は家へと戻り、菊之助はけったい長屋をあとにした。

二

その日天竜は、一日中外に出ないで家にいることにした。

客が来たのは、正午に半刻ほど前の昼四ツ半ごろであった。

けったい長屋にそぐわぬ、五十歳過ぎの立派な身形の商人風の男であった。髪は白髪を商人髷で結い、黒髪は一本もない。絹織の、上等な大島紬の小袖と羽織をさりげなく着こなし、その立ち居振る舞いは、一介の町人が面と向かえば臆しそうな、重厚な押し出しである。

商人でも相当な大店の主と見受けられるが、不自然なのはお供の姿が見えないことだ。大抵は、荷物持ちや何か変事が生じたときに、報せをもたらすために一人か二人ついてくるのが本来の姿である。だが、この商人は普段は縁のなさそうな裏長屋に、独りでもってやってきた。

「こんなむさ苦しいところまで、わざわざ……」

天竜は商人を家の中に入れると、そそくさとした様子で引き戸を閉めた。

宗右衛門長屋とけったい長屋は、全棟六畳一間の間取りである。天竜は寝床を片付け、商人と向かい合った。

「それで、引き受けてくれるかね？」

商人が、天竜の顔色をうかがうように訊いた。

「それが、きのう一日ようく考えたんですが……」

天竜の言葉が、そこで止まった。あとが言い辛そうに、言葉尻がこもった。

「考えて、どうなったね？」

商人が、催促する。

「やはり、お断りします。ええ、自分では荷が重過ぎます。賭け金が五万両の代打ちなんぞ、とてもできるものではございません」

一度口をつければ、一気に言い放つことができる。天竜は、きっぱりと断りを言った。

五万両を賭けての、将棋の代打ちを天竜は打診されていた。負ければ、身代を失うかというほどの大勝負だという。これまで一番大きな賭け金といえば、五十両が最高である。いくら真剣師とはいえ、そんな馬鹿馬鹿しいといえる勝負に付き合うつもりはないと、天竜は考えに考え抜いて結論を出した。

「どうあっても、駄目かね？」

「ええ。ほかの真剣師を当たってくださいまし」

「弱ったな。ここは、天竜さんしかいないと思ってお願いしたのだが」

「大和屋さん、なんでそんな勝負を挑まれたんです？　誰が見たって、そんな大勝負、尋常じゃないですぜ」

大和屋は、幕府出入りの建築普請斡旋業者である。建築に関わる江戸中の職人を束ね、仕事の斡旋をするいわば元締めである。

主の名は、大和屋十一代目の、十一郎左衛門嘉彦（じゅういちろうざえもんよしひこ）である。長たらしい名は、代々受け継がれてきた継承名である。

「この、十一郎左衛門嘉彦のたっての願いでも、引き受けてはもらえんだろか？」

「申しわけないが、いくら十一郎……大旦那様の願いであっても……」

みなまで言わず、天竜は首を振る。

「素人将棋では、天竜さんは天下無双と聞いたのだが……」

「誰から聞いたのかしれないが、自分より強いのは大勢います」

「そりゃいるかもしれんだろ。だが、それは将棋を生業とした本職の棋士。その人たちが、そんな勝負に乗ってくれるはずもなし、できるものでもないからな」

天竜が、将来を見込まれていたのに大橋家を破門になったのは、まさにそのためであった。どうしても断れない義理で、賭け将棋に手を出してしまった。賭け将棋は御法度中の御法度。それが露見してしまい、すぐさま破門されてしまった昔がある。

天竜は、そんな苦い経験を思い出した。なので、そんな勝負に乗る本職の棋士は一人もいない。

絶対に、外に露見してはならない裏の大勝負である。

なぜにこんなことになったのかは、説明もないうちに天竜に白羽の矢が立った。

事情を確かめようと天竜は思ったが、答を断ったのなら聞いたところで仕方がない。

「申しわけないが、やはりお断りします。お帰りいただけませんか」

頑（かたくな）に首を振り、門前払いのような断りを言った。

「分かった。一度や二度では、引き受けてくれないのは分かっている。ならば、またあした出直してこよう」

「いく度来られても、答えは一つです」

「そうか、分かった」

この場は大人しく、十一郎左衛門は引き下がっていった。

大和屋の大旦那がいなくなったあと、天竜はまたも考えに耽った。

断ったならば、もう忘れてよいことなのだが、なぜか頭の中で纏（まと）わりつく。

「……それにしても、誰が俺の命を狙ったのか？」

昨夜の賊と、大勝負とを天竜は結びつけて考えていた。

菊之助に相談をかけるのも、まさにそのためであった。

「大旦那に、訊いておけばよかった」

悔やむ独り言が、天竜の口から漏れた。

天竜が訊きたかったのは、大勝負の相手である。その相手というのも、手練の将棋真剣師を雇っていると思える。

大和屋が相手とする大店は、どこであるか聞かずにいた。同業なのか、まったく異業種なのかは想像にもおよばない。だが、大和屋と五万両をかけた大勝負ができる商家もよほどの大店で、そうそうはあるまい。

そんな相手が雇う真剣師ならば、天竜もよく知る名と考えられる。ということは、天竜が相手になることを知っているということになる。

「もしや、そいつが……だったら、なぜに俺を襲う？」

襲った賊が、相手の手の内であることは、充分に考えられる。天竜には絶対に勝つ自信がないと、怯（ひる）んでの犯行以外にないと。

しかし、引き受けるかどうかの返答もしていないうちにどうしてだと、天竜は首を傾げた。

いずれにせよ、考えていても妙手は浮かばぬと天竜は菊之助の戻りを待つことにした。

天竜には、毎日欠かせないことがある。

名人たちの棋譜を並べては、勉強することを怠っていない。負けた側からの手を辿ると、どこが敗着であったかを知ることができる。一手の指し間違いを見つけては、別の手順を考える。

それが済むと、次は詰め将棋を片っ端から解いていく。五手や七手詰めなら、瞬時にして解くことができる。天竜の実力ともなれば、十五手詰めからはじめ、まずは準備運動といったところだ。そんな天竜に敵う素人の将棋指しなど、そんじょそこいらにはいない。

天竜が、三十五手詰めの詰め将棋を考えているところであった。

難問を解くのに没頭しているところで、昼八ツを報せる鐘の音が聞こえてきた。

「ああして、こうすると……」

ブツブツと無意識に、読み手順を口にしている。気持ちが集中しているか、頭に血が上り、ゆで蛸のように頭のてっぺんまで真っ赤になっている。

「……いや、解けねえな」

三十五手詰めともなると、さすがに天竜も手を焼く。それでも、四半刻もかければ正解にたどり着くことができる。

「よし、解けた」

王将の行き場がなくなり、詰ませることができた。

ほっと、一息したところであった。

戸口の腰高障子が開き、子供の声がする。

「おじちゃん……」

「なんでえ、乙松（おとまつ）じゃないか」

兆安という灸屋（やいとや）の息子で、九歳になる乙松が天竜を訪ねてきた。

「どうした？」

「知らないおじさんが、これを天竜さんにわたしてくれって」

乙松が持つのは、封緘（ふうかん）された書付（かきつけ）であった。表には宛名も何も書かれていない。むろん、差出人の名もない。

「どんな、人だった？」

「おとこのひと。おじさんだった」

乙松の目からすれば、二十歳以上はみなおじさんに見える。

「どんな、顔をしていた？」

思い当たる節があるかと、顔の特徴を問うたが乙松ではうまい答が導き出せない。

「わかんない……そうだ、そのおじさん手に黒いわっかがあったよ」

「手に黒いわっか……どのへんにだ？」

「このへん」

乙松は、寝巻きのような着物の袖をめくると、肘の下あたりを指でさした。

「二本あったよ」

紛れもない、前科者の証である『入墨』である。それも二本並んだ輪で彫られたとあれば、江戸の罪人ということになる。

まだ、封は解いてはいない。何が書かれてあるか分からぬも、持参した男が無頼風で、人間がまともではないのは確かである。そこに天竜は、言い知れぬ不安を感じた。

「ありがとな、さすが乙松だ。二本のわっかを、よく覚えていてくれたな」

天竜は、駄賃だと言って四文銭を乙松に渡した。

「ありがと、おじちゃん」

破格の駄賃をもらって、乙松は喜んで出ていった。

乙松がいなくなり、天竜は将棋盤の前に座ると、さっそく書付を開いた。

「なになに……本日暮六つ　大川沿いの牛ノ御前裏に来られたし　もし来なければ

「……」

そこまで読んで、天竜の顔面は真っ青となった。

もしこなければ、元の内儀と十六歳になる娘の命が危ないと書かれてある。むろん、一人でと書かれ、文はそこで終わっている。

「なんてこったい」

天竜が困り果てたのは、菊之助との約束であった。

暮六ツが、かち合う。

天竜の身に、三十五手詰めを解くよりよりも、さらなる難問が降りかかった。

天竜は今は独り身だが、大橋の門下にいたとき、お志乃という女と所帯を持っていた。そして、お志乃との間に、お千代という娘を一人儲けていた。

十年ほど前に破門となり、そのときにお志乃とは離縁し、お千代は母方に残った。その後は、二度ほどしか逢っていない。最後に逢ったのは、六年ほど前である。

あれから六年。そのとき娘のお千代は十歳であった。達者でいるなら、もう十六歳と、娘盛りに差しかかっている。

長い年月逢っていなくても、自分の娘である。そのお千代の、命が危ないと書かれてあるが、どのような状況なのかはまったく分からない。すでに拐かしに遭っているのか、はたまた身辺を纏わりつかれているのか。

いずれにせよ、素行のよくない前科者が関わっているのは確かである。

乙松に腕の入墨を見せたのは、脅しの意味が多分に含まれているものと、天竜は読んだ。

お志乃とお千代が住んでいるのは、神田岩本町と聞いている。

歩くと片道四半刻以上ある。天竜はすぐに着替えると、表に出た。岩本町まで行って、確かめてきても夕七ツまでには戻れる。

そこにお千代がいれば、菊之助と会う。いなければ、牛ノ御前に赴くつもりであった。

三

神田岩本町の住処には、天竜は一度も行ったことはないが、処だけは教わっている。

「待てよ……」

蔵前通りを南に向い、神田川の手前まで来たところであった。

天竜は思い浮かぶことがあって、ふと立ち止まった。

「なんで、お志乃たちの居場所を知ってる？」

天竜は、お志乃と別れて以来、二人の居場所は誰にも話したことがない。もともとは、大橋家の屋敷近くの下谷長者町（したやちょうじゃまち）に住んでいたが、離縁したと同時に双方が住むところを移した。

その後天竜は浅草に移り、お志乃とお千代は岩本町に移り住んだ。それ以後に知り合った人たちには、所帯を持っていたことすら黙っていた。表向きには、生涯独り身を語っている。なので、お志乃たちの居場所を知る者を、天竜には思い当たる節がまったくなかった。

「そのへんのことは、お志乃に訊けば分かるか」

天竜は、一言ごちると再び歩き出した。

神田岩本町は、神田川沿いの柳原（やなぎわら）通りを西に向かい、和泉橋（いずみばし）の袂（たもと）から南に少し入ったところにある。かつては近くに『お玉ケ池（たまがいけ）』という名の池があったが、今は埋め立てられている。

天竜が、この場所に来るのははじめてである。信兵衛（しんべえ）長屋と聞いているので、訊（たず）ね訊ね探し出した。

通りから少し入った裏長屋である。天竜が今住んでいる、宗右衛門長屋とはたいして風情が変わるものではない。

長屋の木戸を潜ったところで、亭主の褌を干しているかみさんの姿を見つけた。

「この長屋に、お志乃という女の人が住んでるんだが……」

「ああ、お志乃さんかい」

言ったまま言葉は途切れ、怪訝そうな表情をしている。光る禿頭に、胡散臭さを感じている様子だ。

「別に怪しい者ではないさ。実は、お志乃と別れた亭主で……」

「もしやあんたさん、天竜さんてお人かい？」

「ええ、そうなんで。俺のことを知ってるんで？」

「よく、お志乃さんの話に出てきてたからねえ。相当に、将棋が強いらしいね」

「それほどでも……」

天竜は謙遜するも、話はそんなところではない。

「それで、お志乃の住んでるところは？」

棟割長屋の、どこの戸口に立ったらよいのか、それを早く知りたかった。しかし、かみさんから次に出る言葉に天竜は唖然とする。

「せっかく来たってのに、残念だったねえ。お志乃さんなら、五日ほど前にどこかに引っ越していったよ」

「なんだって？」

あまりの間の悪さに、天竜はしばし言葉を失った。

「なんで今ごろ、別れた亭主がのこのこと出てきたのさ？」

かみさんの問いに、天竜はわれへと返った。

「お千代という、娘がいるが……」

「ああ、気立てのいい娘さんだよねえ。小町ともいえるほどきれいに育ったってのに……」

かみさんの言葉に、何か含みがあると感じた天竜は足を一歩踏み出し近寄った。その形相に怯えたか、かみさんは二歩あとずさりした。

「おっかない顔だねえ。まるで、達磨入道みたいだよ」

「すまない。何があったのか、聞かせちゃくれねえか。どうも、尋常でないものを感じたんでな」

語ってよいのかどうか、かみさんは言葉を押さえている様子だ。

「知ってることがあったら、頼む。娘が危ないんだ」

「なんだって！　お千代ちゃんが危ないって、どういうことさ？」

「すまねえけど、そいつは言えねえ……っていうより、俺にもよく分からねえんだ。そんなんで、どういうことだかお志乃に訊こうと思って、ここに来てみたんだ」

天竜の、必死の形相にかみさんは小さくうなずきを見せた。

「あたしゃ、あまり細かいことは分かんないけど……」

十日ほど前に、素性のよくない遊び人風の男が二人、お志乃のもとを訊ねてきたのをそのかみさんは見たという。

「そのころから、お志乃さんは心なしか元気がなくなったようで。何かあったのかいと訊ねても、首を横に振るばかりだし。気にはなっていたんだけど、答を聞かないいま、五日前にいなくなったのさ。さっき、引っ越したと言ったけど、本当は夜逃げ同然に忽然といなくなったのさ」

「金のことで、何かいざこざでもあったのかな？」

「いや、そうじゃないみたいだよ。男たちが来る前は、そんな素振りはまったくないし、お千代ちゃんも明るく振舞ってた。なんであなったか、あたしたちだって知りたいくらいさ」

十日前といえば、天竜に大勝負の話が持ちかけられたころである。それと関わりがあるかは分からないが、かなりの一致を天竜は感じていた。

「それじゃ、どこに行ったんだかまったく知らねえんだね？」

「ええ。長屋のみんな、誰も知らないってことさ。そうだ、ちょっと待ってて。おふねさんなら、そのへんのことを何か知ってるかも……」

と言って、かみさんは一軒の戸口の前に立った。そして、六十歳にも見える老婆を一人連れてきた。

「このお婆さんが隣に住んでて、何か聞いてるかもしれない。長屋の造りは安普請だから、ちょっとした話でも隣に聞こえてしまうから」

かみさんは親切にも、天竜が聞きたいことを代わりに問うてくれた。

「十日前かい……？」

首を傾げながら、おふねは考えている。覚えているかどうか、姿見からして不安になる。

「なんだっていいから、そんとき聞こえたことを話しておやりよ」

せっつくも、顔に皺をいっぱい刻み考えている。

「そうだ。こんなことを言ってたのが聞こえたね」

老婆がようやく思い出したか、顔面に刻まれた皺（しわ）がいく分減った。

「なんだか、一緒に来てくれとかいやだとか。百両あげるのあげないのとか言ってたね」

「百両って、すごいお金じゃないかい」

金額に、かみさんのほうが驚いている。

「そんな銭、この世の中にあるんかい？」

一両の小判すら、滅多に見たことのない町人たちである。老婆のほうは、百両という金があまりにも大きすぎて実感もなく、そのときは意にも止めなかったそうだ。

「……百両ってか」

おふねの話だけ聞けば、天竜の話と関わりがあるとは思えない。どこかのお大尽がお千代に惚れ込み、百両で妾にする話とも受け取れる。

「それが次第にさ……」

おふねの話には、つづきがあった。

「それから二度ほど来て、声を聞いたけど、だんだんと男たちの口調が荒くなっていったね」

「どうに聞こえました？」

聞き逃せないと、天竜が一歩前に足を踏み出す。

「いい加減にしねえと、娘をどうのこうのって怒鳴ってたね。壁が間にあるんでね、そんなに詳しくは聞き取れないさ」

　娘をどうのこうのと言ってた時点で、天竜に来た書付と符合する。

「無理やり連れていこうとしてたんでね、あたしは『うるさいから静かにしろ』って、怒鳴ってやったんだよ。そしたら静かになってね、引き上げたんだか男たちの声は聞こえなくなった」

「おふねさんが、男たちを追っ払ってくれたんかい」

「でも、その次の日にお志乃さんとお千代ちゃんはいなくなった。朝起きたら、いなくなっていたんだよ……かわいそうに」

　おふねから聞ける話は、そこまでであった。亭主の褌を腕に巻きつけながら聞いていたかみさんも、初めて聞く話だと言った。

　怖くなって逃げたのか、夜中にやってきて無理やり連れ去られていったのかは、隣に住むおふねの耳には入ってはいない。

　神田岩本町から戻る道で、天竜は気持ちを固めていた。

　その呟きが、口から漏れる。

「……弁天さんとの約束を反故にしてまでも、ここは牛ノ御前に行くよりしょうがねえな」

菊之助は、あとで話をすれば分かってくれる男だと、天竜はとらえていた。

夕七ツを報せる鐘を、天竜は浅草御蔵の上ノ御門前で聞いた。牛ノ御前に行くには一度長屋に戻っても、余裕がかなりある。

吾妻橋を渡って、大川沿いを向島に向かっていけば五町ほどのところが牛ノ御前の裏手にあたる。四半刻もあれば、充分に行ける距離である。

半刻ほどの、思案の時を天竜は与えられた。だが、元の女房と娘の命が関わる難題である。将棋の手順を解くのとは異なる。何ぶん、相手の指し手がまるっきり読めない。

考えながら天竜は、けったい長屋の木戸を潜った。

「どうかしたんかい、天竜さん？」

背後から呼び止めたのは、乙松の父親である兆安であった。ちょうど、往診の療治から戻ったところである。

「ああ、灸屋さんかい」

天竜は振り向き、兆安と向かい合った。

「なんだか天竜さん、心なしか小さくなったみたいでね、声をかけたんだけど。何か、ありましたかい？」

　長屋の入り口で、坊主頭同士のやり取りである。

　天竜は、自然にできたつるっぱげだが、兆安のほうは剃刀で剃った坊主頭である。なので、いく分青みを帯びている。手入れを怠ると、すぐに生えて毬栗頭となってしまう。頭の光沢に、かなりの違いがあった。

「いや、なんでもねえ」

　顔を合わせたものの、すぐに天竜は踵を返した。そして五、六歩歩いたところで、天竜の足が止まった。

　再び振り向くと、兆安はまだそこに立っている。

「ちょっと、灸屋さんに聞いてもらいたいことがあるんだが」

　天竜は、気持ちを変えて兆安に相談を持ちかけることにした。倅の、乙松の顔が頭に浮かんだからだ。

　つい先日、兆安と担ぎ呉服屋の定五郎が、大家の高太郎のところに住むお亀を、巾着切りの仲間から救い出したと小耳に挟んでいた。そこでの、武勇伝も聞かされている。

「そういえばあんたら、お亀ちゃんを悪党の手から奪い返したそうだな」

けったい長屋の中で、そんな噂が広まっていた。

「いや、たまたま乗りかかった舟でして。菊ちゃんがいないもんですから、大家に頼まれ、俺と定五郎さんが出張ったまでのことで」

「その弁天さんなんだが……」

天竜は、菊之助との経緯を語った。

「そこで、困ったことがあってな。よかったら、話を聞いちゃくれねえかい？」

「俺がお役に立てることでしたら、なんなりと……」

「立ち話じゃ、なんだ。俺の家でもって、いいかい？」

「だったら、灸療治をして差し上げましょうか。なんだか、天竜さんお疲れみたいですから」

まだ出かけるまでに、半刻ある。

四

乙松が無頼から預かった書付を見せて、天竜は経緯（いきさつ）を語った。

「天竜さんに、娘さんがいたんですか？」

「ああ、十六になる。十年前に別れたが、ずいぶんといい娘に育っているようだ」

岩本町の、長屋での話をまずは語り終えた。そして、五万両の賭け将棋の話になった。

「こんな話、御番所の耳にでも入ったら、俺は打ち首になっちまう。黙っててくれよ」

と、守秘を促した。

「もちろんですとも。ですが、場合によっちゃ菊ちゃんには……」

「ああ。弁天さんには、俺から話そうと思っていた」

首筋から肩にかけてのツボを刺激するための、灸療治をしながらのやり取りである。米粒大の艾を皮膚に直に置く、有痕灸という療治方である。「少々熱いですが、効き目は抜群です」と、必ず注釈を入れる。艾一粒を、一壮と数える。兆安は、四壮目の艾に線香の火を移した。チリチリと皮膚の焼ける音に天竜は顔を顰めるも、灸を据えたあとの爽快感を思い浮かべれば我慢もできる。

「母親が大変だってのに、それを押してまで帰ってくると。いやはや、立派な心がけだ。しかし、この書付も暮六ツとなっている。体が二つ欲しいところですな。肩もこるわけだ」

兆安は、気鬱に効く肩井（けんせい）というツボに艾を載せながら言った。

「それでどうしようかと考えたんだが、弁天さんには悪いが、やはり娘のことが気がかりでな、牛ノ御前のほうに行こうかと思ってる」

「独りでだいじょぶなんで？」

「ああ。独りで来いと書いてあるしな」

「分かりましたわ、天竜さん。ならば俺から、こんな事情（わけ）だと、菊ちゃんには話しておきましょう」

「そうしてもらうとありがてえ。肩の荷が、少し下りたってもんだ」

灸は、血の流れをよくするといわれる。四半刻ほどの灸療治で、天竜の顔に生気が戻り、見違えるように顔色がよくなった。

「ところで、将棋の大勝負とお千代ちゃんのことは、関わりがあるんですかね？」

灸道具を薬籠に収めて、兆安が問うた。

「そいつが分からねえから、困ってるんだ」

灸のため脱いだ素肌に、小袖を被せながら天竜は言った。

「だが、符合することが多い。勝負の話が大和屋さんから持ち出された時と同じくして、風体（ふうてい）のよくない男がお志乃のところを訪ねている。それと、乙松に書付を渡した使いの奴も、仕置きの入墨が入った男だった。おそらく、同じ野郎じゃねえかと俺は睨んでいる」

「天竜さんが大和屋の代打ちならば、相手ってのは誰なんですかね？」

「それが、分からねえんだ」

「教えちゃくれないんで？」

「俺が承諾するまでは、訊いても教えてくれねえさ。それと断ってるし、俺から訊くことでもねえと思ってる」

「そいつは違うんじゃないですかね。もしかしたら、相手は天竜さんを引きずり下ろすために、元のかみさんや娘さんをだしに使ってるってことも考えられる。大勝負に関わるなって、脅しかもしれませんよ」

　兆安が、自分の読みを口にした。

「もちろん、それも考えてるさ。だが、その逆も考えられる。俺が色よい返事をしねえもんだから、大和屋が仕組んだってことも考えられる。いずれにしても、これから牛ノ御前に行ってみれば分かることだ」

　そろそろ出かけなくては、間に合わなくなる。

「何か、得物を持っていかなくていいんで？」

「そんなもん、いらねえよ。喧嘩じゃなくて、話しに行くんだから」

気をつけてと兆安に見送られ、天竜は蔵前通りを北に足を向けた。

馬道の辻を右に曲がれば、すぐに吾妻橋が大川に架かっている。まだ暮六ツまでは、少々の間がある。

吾妻橋の中ほどで、天竜は足を止めた。

対岸の北に目を向ければ、遠く向島の堤の先に社（やしろ）の屋根が見える。そこが牛島（うしじま）神社、通称牛の御前と言われるところである。天竜は、足を急がせ目的地へと向かった。

浅草寺で鳴らす、暮六ツを報せる鐘の音が聞こえてきた。

天竜は、大川の堤に立って遠く西の空を眺めていた。茜（あかね）色に染まった秩父（ちちぶ）の山塊が、稜線となってくっきりと浮かんでいる。お天道様が、三角に尖った武甲山（ぶこうさん）にその姿を隠そうとしている。

「待たせたな」

背後から、声がかかった。

「おっと、振り向くのではない。姿を見られてはまずいのでな」

天竜が振り向こうとすると、背中に固いものを押し付けられた。感じからして、刀や匕首の鋒ではない。単なる棒かと、天竜は相手の得物を侮って取った。

「これは、ペイストルという短筒だ」

　ペイストルならば、天竜だって聞いたことがある。一撃で、人を殺傷するものであるのは分かる。

　ペイストルの筒を当てられ振り向くことはできないが、首を少し捻れば金糸銀糸で織られた袴の裾が見える。それだけでも、位が高そうな武士だと分かる。念入りに素性を隠すためか、金糸で織られた錣頭巾を被っているが、天竜には全体の姿までは見ることができない。むろん、名を名乗ることもない。

「お武家さんですかい、俺をこんなところに呼び出したってのは？」

「ああ、そうだ。武家だと、よく分かったな」

「ずいぶんと、ご立派な袴を穿いておられるんで」

「さすが、鋭い読みだ。ところで、天竜がこのたびの大勝負の相手と聞いたのでの」

　口が塞がっているので、声がこもって聞こえてくる。その声音は天竜も、聞き覚えがない。

「やはり、かかあと娘に関わりがあったか。だが、生憎と俺はその勝負に立ち会うことはできねえと断ってあるぜ」

「それじゃ、引き受けてもらおうか」

「なんだって?」

「ただし、負けてもらいたい」

　ここで初めて、天竜はことの次第を知った。

「俺に、八百長をやれってんだな」

「話が早いな。さすが、早読みの天竜といわれた男だ」

「そうでもねえぜ。ここまでたどり着くのに、どれくれえ考えたか分からねえ。それで、いやだと断ったらどうするい?」

「書付に書いてあっただろう。すでに新造と娘の身を、こちらで預かっている。断ればどういうことになるか、天竜だったら読みが利くだろう。嘘だと思うなら、娘の声を聞かせてやる」

　少し間が空き、天竜の耳に聞こえてきたのは、

「お父っつぁん……」

　十間ばかり離れたところからの、お千代の声であった。

「……お千代」

と呟くものの、天竜が覚えているのは十歳のときのお千代の声である。だが、実の

娘に間違いないと思うのは父親としての勘であった。

「ずいぶんと、つまらねえ手を指しやがるな。素人でもいねえぞ、そんな愚手を指す奴は」

「勝負は三日後に迫っている。大和屋は、三顧の礼を拝してくるだろうから、承諾してやれ。勝負は一番きりだ。けっして、相手の玉（ぎょく）を詰ませてはならんぞ」

「夕べ、俺の命を奪おうと賊を送り込んだのはあんたかい？」

「そうだ。だが、命までは取ろうとはせん。あれは、脅しだ。もし、この頼みを断ったら、次は本気でかかる」

——何故に武家が、賭け将棋に絡（から）む？

またも、難解な一手を指されたような心持ちとなった。

「それと、もう一つ訊きたい」

「なんだ？」

「どうして元の女房のところと、俺が住んでいるところを知った？」

「そんなことは、調べればすぐに知れる。雑作もないことだ」

武士の話はここまでであった。

短い話であったが、天竜にとっては途方もなく長い手順の詰め将棋にも思えた。

「しばらく川の向こう岸を眺めていろ」

無理やりにも振り向いて男の素性を暴こうとしたが、娘の声を聞かされては敵わない。天竜は、言われたとおり西に体を向けていた。暮れなずむ空に、遠く吉原遊郭の明かりがぼんやりとだが、目立つようになってきている。

天竜が振り向くと、すでに武士の姿は消えている。

「大店の、商人同士の勝負ではなさそうだな」

五万両の大勝負には、武家が絡んでいると天竜は踏んだ。

「そうなると、姑息ってわけにはいかねえな」

姑息とは、一時凌ぎとか間に合わせという意味で使われる。お志乃とお千代を、奪い返すだけでは収まらない大きな事情が絡んでいる。

「とことん相手になってやろうじゃねえか」

と、天竜は肚に決めた。

けったい長屋に戻ると、菊之助の住処に明かりが差している。

「すまなかったな、弁天さん」

戸口の引き戸を開けて、天竜は枯れた声を飛ばした。

「もう、帰ってきたので？」

まだ暮六ツからは、四半刻ほどしか経っていない。菊之助の、怪訝そうな声音であった。

「意外と早かったな」

返事をしたのは、灸屋の兆安であった。天竜の話の経緯を語っていたところだという。

「まあ、上がってくださいな」

菊之助の勧めで、天竜は雪駄（せった）を脱いだ。

「おふくろさんの具合は、どうなんで？」

「もう、ほとんど臨終といっていい。今夜、持つかどうかってところで」

菊之助が、徳川四天王といわれた本多平八郎忠勝の末裔であることは、長屋の住人たちには伏せてある。住人たちも他人の過去を、根掘り葉掘り訊く者はいない。

「すまねえな、俺のために……」

「なあに、いいってことですよ。それよりも、灸屋さんに聞いたけど大変なことに巻き込まれたみたいですね」

菊之助の着姿は、出かけたときのままである。

「それで、どうなりました?」

早く話を聞きたいと、兆安がせっついた。

「やはり、お志乃とお千代は拐かしに遭っていた」

天竜がそのときの状況と、武士が語った言葉を一言も違えることなく告げた。

「ずいぶんと、卑怯な真似をしやがるな」

憤怒がこもる声で、兆安が言った。

「そんなんで、俺はあしたにでも大和屋に返事をしようと思っている。この勝負、引き受けるとな」

「それで、負けてやるので?」

「いや、真っ当な勝負をする。相手が俺よりも強けれは負けるし、弱ければ勝つ。わざと負けるようなことは、俺にはできねえ」

菊之助の問いに、天竜はきっぱりと答えた。

「それじゃ、元かみさんと娘さんの身がどうなってもいいので?」

兆安が、問うた。

「いや、どうなってもよくはねえさ。どうあっても救ってやるが、その手をこれから考えるところだ。こんな馬鹿げた勝負に、お志乃とお千代の命が取られるなんて、とんでもねえ話だ」

　天竜の顔と頭に赤みが差した。

「おれたちに、何かできることはねえかな？」

　菊之助が、腕を組んで考えに耽る。

「大和屋の背後には、偉そうな武家が絡んでいるってことか。なぜに五万両の大勝負を……このへんの事情（わけ）が知れれば、手も打てるんだが」

　菊之助が、首を捻りながら口にする。すると、兆安が何か閃いたか、ポンと手を鳴らした。

「何か、灸屋さんにいい考えでも？」

　菊之助の問いに、兆安の顔が天竜に向いている。

「おそらく大和屋の旦那は、訊いても深いところまでは話してくれねえだろう。なので、俺が出張ってやる。天竜さんは、なんとか大和屋の旦那……なんてったっけ、長たらしい名前？」

「十一郎左衛門嘉彦っていったな」

「その十一郎左衛門に、俺が灸……いや、鍼療治を施してやる。その渡りを天竜さんは、うまくつけてくれねえかな」

「鍼療治を施して、どうするんです？」

菊之助が、問うた。

「ちょっと、ある箇所のツボを突っついてやるのさ。気持ちがよくなって、どんな密事でもぺらぺらと喋ってしまうっていう、こっちからすれば便利なツボだ。ただ俺は、まだ一度も試したことがねえけど」

鍼療治の師匠から、手ほどきは教わっている。

「なるほど。おそらく、あしたの朝にも大和屋さんが俺のところに訪れてくるだろう。そこで色よい返事をして、なんとか兆安の鍼療治を勧めてみる」

「できれば、あす中に大旦那と会わせてもらえたらいいな。そしたら、夜にでも策を練ることができるだろうし」

「それじゃ、灸屋さんの話を聞いてからってことで」

菊之助が、返したところであった。トントンと、戸口を叩く音が聞こえてきた。菊之助は立ち上がると、五歩も歩いて三和土（たたき）に下りた。

そこに、本多家からの使者が立っている。

「奥方様が、息を引き取られました」

あと四半刻いれば、母親の臨終に立ち会えた。だが菊之助は、男の約束を優先した。

「そうですかい。ご苦労さまでした」

菊之助の返事は、それだけであった。使者を帰すと、菊之助は静かに引き戸を閉めた。

「何かあったので？」

「お袋が亡くなったと、使いが来ました」

「だったら、俺のことにかまわねえで、行ってあげてくれ」

「ええ。これから行って、別れを告げてきます。あすの夜には、必ず戻りますんで」

「すまねえな。俺のために、おふくろさんの死に目に会えなかった」

「いや、いいんです。それよっか、元のご新造さんと娘さんを助け出すことだけ考えてくださいな」

明日はここに、担ぎ呉服屋の定五郎も加えようということになった。

五

翌日、お天道様が東の中間に上った四ツごろに、大和屋の主十一郎左衛門が、天竜のもとを訪ねてきた。この日も、供をつけずに一人である。

「やはり、天竜さんほどの指し手は見つからない。これが最後の頼みだ、引き受けてはいただけんか？」

畳に手をつき、十一郎左衛門が嘆願をする。劉備玄徳に拝された、諸葛孔明の心持ちに天竜はなった。

「それほど申されるなら、お引き受けいたしましょう」

まさしく、三顧の礼を尽くされての承諾であった。

昨夕、武士から八百長を唆されたことは、むろん黙っている。

「これで、ほっとした。肩の荷が下りるとは、こういうことですな」

感無量といった、面持ちである。

「ですが、まだ勝負に勝ってはいませんぜ。喜ぶのは、早いってものだ」

「天竜さんなら、必ず勝てる」

「相手の代打ちは、いったい誰なんです？」

初めて、相手の名を問うた。

「天竜さんの相手になる棋士は、大賀又兵衛という浪人だ」

「大賀……聞いたことはございませんね」

「以前は禄を食む、あるお大名の家臣であったが、将棋にうつつを抜かし、それが元で家臣をかく首されたってことだ。将棋の腕はかなり評判と聞いているが、天竜さんの相手になるほどでもなかろう」

十一郎左衛門はかなり楽観しているが、天竜の顔は引き締まったままだ。

「それは、買い被りってもので。一度も指したことのない相手には、けっして気を許しちゃなりません。勝負は一回こっきりと言ってましたよね。そんな大勝負なら、大抵は五番とか七番勝負で決めるってのが大方でして。相手の実力が、まったく分からないで指すほど、おっかないものはありませんよ。それと、勝負は下駄（げた）を履くまで分からないとも言いますから」

これは、天竜の本心であった。

そのへんの将棋会所でもっての、小銭の賭け勝負だったらそんな気遣いも無用である。だが、五万両のやり取りとなったら、いくら天竜でもまともな精神では指せなくなる。

「つまらない一手に、心が惑わされることがあるかもしれませんしね」

六年前の、お志乃とお千代の顔が、天竜の頭の中に浮かんでいた。お千代はまだ、十歳の桃割れの童女の姿であった。

「それで、大賀というお人も代打ちでしょうから、大和屋さんの本当の相手というのは……？」

「同業の、坂田屋（さかたや）だ」

坂田屋といえば大和屋と二分する、幕府出入りの建築斡旋業者である。どちらかといえば坂田屋は、神社仏閣の本堂や五重塔など大規模な建立（こんりゅう）や普請に携わる、宮大工や職人などを多く抱えている。

両者とも幕府からの依頼で普請工事を請け負う、元締め同士である。その利権たるや、庶民には想像もおよばないほど大きいという。

「その坂田屋と、なんで五万両を賭けた勝負をなさるんで？」

「すまぬが、その理由は誰にも明かせられない。また、天竜さんが知らなくてもいいことだ。将棋だけに専念して、勝ってくれればありがたい」

「分かりました。もう、そこまではお訊きはいたしません」

一番大事なところだが、天竜はそれ以上追求はしない。あとは、兆安がどういう手を打って聞き出すかに懸けることにした。

「勝ったら三百両と聞いてますが……」

「もちろん、それは出す」

「しかし、俺が負けたとしたら、どうなされます？」

「すまんが、一文の銭も出せん」

大和屋も命を張っているのだと、天竜は得心のうなずきを見せた。

「ひとつ、天竜さんの肝に銘じておいてもらいたいことがある」

「肝に銘じるとは？」

穏やかでない、十一郎左衛門の言葉に、天竜は眉間に縦皺を刻んだ。

「もしも天竜さんが負けることがあったとしたら、大和屋は一気に跡形もなく潰れる。それだけは、覚えておいてもらいたい」

「五万両を失うだけで？」

かなりの大金だが、かなりのお大尽である大和屋がそれで潰れるとは思えない。

「いや、それ以上のものがあるのだ。今は、言えんことだけどな」

「そう言われると、かえって気が重くなる。絶対に勝てるなどという自信は、俺にはまったくないからな。大旦那様にも、覚悟だけはしといてもらいたい」

覚悟をしろと言われ、十一郎左衛門の顔がにわかに曇りをもった。

「それにしても、大旦那様の気鬱は、大変なものがあるでしょうな。それが、顔色に表れてます」

天竜は、兆安の狙いに話を移した。

「夜も、寝つけぬくらいだ」

重圧に押し潰されそうだと、十一郎左衛門が思いのほどを口にした。

「さもありましょう。でしたらどうです、俺の知り合いで兆安という腕のいい鍼灸師がいますから、そいつに療治を施してもらえばいかがかと。大旦那様が気持ちをすっきりしてもらえば、俺も勝負に挑みやすくなるってもんです」

「なるほどな。わしは、首が回らなくなるほど酷い肩こりと頭痛に悩まされている。出入りの鍼灸師ではちっとも効かなくてな、天竜さんの知ってる鍼灸師を、ぜひとも紹介してもらいたい」

うまいこと、話の折り合いがついた。

「でしたら、近くにいるんで呼んできましょうか？」

「いや、これからすぐに帰らなくてはならん。ならば、昼八ツごろに大和屋まで来てくれと頼めぬかな」

「大和屋さんはたしか、神田竪大工町でございましたね？」

「ああ、そうだ」

言うと十一郎左衛門は、懐の巾着から二分金を出して天竜の前に置いた。肩こりの治療代としては、破格の額である。

「これは？」

「ここからだと、竪大工町までは遠い。駕籠賃を合わせての、治療代だ。兆安さんとやらに、渡してくれ」

「駕籠代と合わせても、多すぎるんじゃないですか？」

「多いと思ったら、念入りに療治してくれと言ってくれ」

　頼まれなくても念入りに、兆安は鍼を打つだろう。かしこまりましたと、天竜は大きく頭を下げた。


　町駕籠を雇い、兆安が大和屋の本店に着いたのは昼八ツの鐘が鳴る少し前であった。

　話は通っていて、すぐに十一郎左衛門の居間へと案内された。

「天竜さんからお聞きしましたが、かなり肩こりと頭痛でお困りのようで……」

　兆安は言って、さっそく療治に取りかかる。

「酷い肩のこりですな、これではお辛いでございましょう」

　小袖の上から、肩を二度三度揉めば、辛さの程度が知れる。

「今、気持ちよくさせてさし上げますから。破格の療治代をいただいてますんで」

「ああ、頼む」

十一郎左衛門をうつ伏せにさせ、肩こりと神経を病むツボに、手際よく鍼を打っていく。

「ああ、心地いい……」

悦に入る声音が、十一郎左衛門の口から漏れた。

「気持ちがよくなるのは、これからが本番です。頭痛も気鬱も何から何まで、一気に吹っ飛びますぞ」

兆安はそろそろかと、頭のツボを探った。

首の後ろの髪の生え際に『天柱』というツボが、左右にある。そこを普通に打てば、血の巡りがよくなり高血圧や糖尿病にも効くとされる。兆安は、天柱のツボから少し外した名もないツボに、かなり慎重に鍼を二本打った。打ち間違えると廃人と化す、人間の急所である。滅多やたらとは刺せないツボであるが、兆安は仕損じなく打てた。

兆安はその技が何かのときに役に立つと、鍼灸師の師匠から伝授されていた。なにせ、初めてである。兆安は自分の肩がこるほど緊張したか、首をぐるぐると回しほっと安堵の息を吐く。

「いかがです、さらに楽になってきてましょう？」

「ああ、かなり効いている」

「それはよかったです」

陶酔させるまでには、まだ足りない。両耳の後ろにあるツボに二本ずつ、さらに四鍼を通常より深く刺した。このツボは、気の病を治す経絡で危険なことはない。

「……これで、訊いたことにみんな答えてくれるはずだ」

聞こえないほどの小声で、兆安は呟いた。

徐々に十一郎左衛門の意識は朦朧としてきて、小さな呻き声を漏らしはじめた。苦しみからでなく、究極の悦に達した声音である。

「将棋の大勝負の、本当の目的はなんでございます？」

兆安が、十一郎左衛門の耳元で、囁くように声をかけた。

半刻ほどの、針療治であった。

ツボから鍼を抜くと、十一郎左衛門の意識は元へと戻った。鍼を打っている間に、自分が何を喋ったかを思い出すことはない。

「ああ、気持ちよかった。こんな極楽を、わしは初めて味わった。また来てくれぬかの」

「いつだってよろしゅうございますが、浅草からですと少々遠いですな」

「駕籠に乗ってくればいい。そのくらいの代金……いや、一両は余計につける」

「それは、ありがたいですな」

だが兆安は、これが十一郎左衛門への最初で最後の針治療だと思っている。にこりと笑って、坊主頭を下げた。

六

けったい長屋に戻った兆安は、さっそく天竜のもとを訪れた。

「天竜さんは、大変なことに巻き込まれたな」

開口一番、兆安が興奮気味の声音で言った。

「その口ぶりじゃ、大和屋から何か聞き出せたな」

一膝前に繰り出し、天竜が問うた。

「ああ。なので、すっ飛んで帰ってきた」

兆安が、大仰(おおぎょう)に言った。

「それで、どんな話だった？」

せっつく天竜に、ゴホンと一つ兆安は空咳を打った。

「この勝負には、幕府が絡んでいてな……」

急く気持ちを抑えて兆安は、おもむろに語りはじめた。

「幕府のお偉方の間で、千代田城天守の再建の話が持ち上がったそうだ」

千代田城は明暦三年に起きた明暦の大火によって、五層の天守は焼失した。武断政治から文治政治に移行した徳川幕府は、焼失を機に天守は必要ないと決断を下した。

その後、いく度か再建が計画されたが、太平の世に大金をかけてまで建てることはなかろうと、見送られてきた。

その天守再建計画が、最近になり老中の間で改めて持ち上がった。

この国は二百年以上もの間、異国との交流・貿易を統制した鎖国令の下にあった。

それが、嘉永六年に米国からペリー総督が浦賀沖に、黒船に乗って来航し開国を迫ってきた。そして翌年の嘉永七年、ペリー総督の再来で、大老井伊直弼のもとで日米和親条約が締結されると、下田と函館の二港が開港されここに鎖国制度は終焉を迎えた。

しかし、開国に反対し押し寄せる異国を打破しようとの派も根強く、国の威厳を示すため千代田城に、その象徴となる十層からなる巨大な天守を建てようとの話になった。

「その再建の話が、幕府の老中から作事奉行を通して、大和屋と坂田屋の両方に持ちかけられたってことだ」

「それで分かった。天守再建普請の利権獲得を、大和屋と坂田屋が争っているってんだな？　そんな大事なことを、将棋の勝負でもって決めようってのか。人を拐かすなんて卑怯な手まで使って」

天竜の憤慨が、鼻息荒く漏れた。

「おおよそそんなところなんだが、実際は天竜さんの考えとはまったく逆だ」

「逆ってのは？」

「大抵は、利権のために仕事を奪い合うのだろうが、このたびの件はその反対だった。この大仕事を、相手に押し付けたいってことだ」

「えっ、いったいどういうことで？」

「要するに、両者とも、天守再建普請の仕事を受けたくないってことなんだ」

「そんなでかい仕事、滅多にねえと思うけど……よく、読めねえな」

天竜が、首を傾げて考えている。

「さすがの天竜さんでも、読めないだろうな。俺も十一郎左衛門さんが、勝手にぺらぺらと喋ってるのを聞いて、驚いたくらいだ」

兆安が、十一郎左衛門に鍼を打ち、陶酔状態にさせて引き出したその内容を、兆安が語る。

「十一郎左衛門さんの話じゃ、この天守再建話を請け負うと少なくとも三十万両の見積もりとなる。つまりは、それが持ち出しとなるそうだ。無料で請け負えって話なんだな」

「無料って、そんな無茶な話はねえだろ」

　天竜の、驚愕の顔が兆安に向く。

「これまで幕府は、そういった事業には大名家などから御手伝普請などといって、資金を調達してきた。だが、今の大名家はみな台所が逼迫している。しかも、このご時勢で幕府への不信も高まっている。今謀反を起こされたら、たちまち幕府はひっくり返る」

「ずいぶんと、灸屋さんは時勢に詳しいな」

「十一郎左衛門さんが、みな語ったことで。忘れちまうから、最後まで一気に話をさせてくれ」

　天竜の横槍を、兆安がたしなめた。

「そんなんで、八年前にあった安政の大地震でかなり儲けただろうから、それを吐き出せと、大和屋と坂田屋に話が来た。面と向かって断りたいが、幕府相手ではそれができない。これまで、どれほど恩恵を受けてきたか分からないからな。それで、お宅のほうでどうぞと大和屋と坂田屋は譲り合った」

本来なら幕府の財源で数千人の職人、人足を掻き集めて手配をし、そこから手間賃や資材などの原価を差し引いたところが、元締めの利ざやとなる。

利ざやどころか、一切合財の費用を負担しろと来たのだからたまらない。その積算が、三十万両と出た。

仕事を請けたいのなら入札という手があるが、このたびはその逆である。だが、どちらかが請け負わなくてはならない。互いに譲り合うも、決着がつかない。

三十万両の持ち出しは、即身代の崩壊を意味する。

「ならば、お互いが持ち合って、合同でやればいいんじゃねえか？」

天竜が、妥協案を口にした。

「当然、そのくらいのことは考えたらしい。だが、坂田屋のほうが納得しない。半分でも十五万両の負担となる。それでも、身代が持たないと愚図った」

いく度話し合っても良案が浮かばず、そこで思いついたのが、将棋での決着であった。

勝ったほうが、大工事から手を引ける。負ければ、請け負うという普段とは逆の成り行きとなった。

「価格の競い合いならば、勝つ自信があると十一郎左衛門さんは言うのだが、将棋では見当がつかない。幕府出入りの棋士を使うわけにはいかないんでな、そこは素人将棋の、真剣師同士での果たし合いということになった。そこで、代打ちとなる将棋指しを探し。天竜さんに白羽の矢を立てたってことだ」

「ならば、五万両ってのはどこから出てきたんだ？」

「勝ったほうが、負けたほうに五万両差し出すってことだ」

勝てば損失は五万両で済むし、負ければ二十五万両の負担となる勘定である。少しでも、負担を減らそうと、五万両は双方の気遣いからの合致した意見であった。

幕府への返事は、五日後に迫っている。なので、どちらが請け負うかを決める、一番勝負は三日後であった。

「十一郎左衛門さんから聞けた話はここまでだ。五万両というよりも、二十五万両を賭けた大勝負ってことなんだな」

「ますます、荷が重くなった」

フーッと大きく、天竜はため息を吐いた。

「十一郎左衛門さんは、五万両ならばなんとかできると言ってた」

「なんでそれを、俺に話してくれなかった？」

「幕府から、内密にせよと釘を刺されていたらしい」

「しかし、そんな大事なことをなんで将棋なんかで？」

「元普請奉行であった山脇倉十郎（やまわきそうじゅうろう）様って人に相談したら、双方手錬の代打ちを持ち寄って将棋で決めたらどうだと言われたそうだ。かなりの将棋好きで、自分が立会い人になると。それで、坂田屋も承諾したってわけですな」

勝負の場所は、三味線堀（しゃみせんぼり）近くに住む旗本、元は普請奉行の要職にあった山脇倉十郎の屋敷で、時は三日後の昼四ツからと決まっている。

普請奉行は老中の支配にあったが、昨年の文久（ぶんきゅう）二年に廃止されて、今はその役職はない。

山脇は、それ以前に普請奉行の役職を解かれ、以来無役となって半分浪人の身であった。だが、無役となったものの、旗本の身分と三味線掘近くの拝領屋敷までは取り上げられてはいない。幕府に有事があったら、家来と槍を持って駆けつけなくてはならない身であった。

山脇と両者は仕事を通して、共通した古くからの知り合いであった。

「そんで坂田屋はお志乃とお千代を拐かし、俺に負けろと圧力をかけてきたってわけか。これで読めたな」

「ところで、天竜さんを呼び出した武士ってのは、いったい誰なんでしょうね？」

「それは分からねえよ。それにしても、性質のよくない無頼を雇ってるぜ」

天竜とすれば、わずかに見えた金糸銀糸で織られた上等の、袴の裾でしか判断できない。

「こうとなったら、将棋の勝ち負けは関係ねえ。どうやって、お志乃とお千代を無事に取り返すかだ」

天竜の頭の中は、その一点に絞られた。だが、誰に連れ去られたのか、どこにいるか、皆目見当がつかない。

「それについちゃ今夜、弁天さんに相談に乗ってもらおうと思ってな」

「定五郎さんも、役に立ってもらえますぜ」

お志乃とお千代を捜す手はずは、今夜考えようということになった。

その夜、ぬけ弁天の菊之助と担ぎ商人の定五郎も加わり、ことの次第を兆安から聞いた。

二人とも、とんでもない話だと、憤慨しての同意であった。しかし、お志乃とお千代の行方は杳として知れないまま、勝負の日を迎えた。

本榧の、六寸厚の将棋盤が十畳間の真ん中に置かれている。

天竜と大賀又兵衛が、将棋盤を挟んで向かい合った。

「あれ、あんた……」

四十代半ばの痩せぎすで、飄々とした一見なんの取り得もなさそうな男であるが、天竜の見知る顔であった。大橋家と覇を競う、十世名人で六代目伊藤宗看に、侍の身分で弟子入りした男である。顔はなんとなく憶えているが、名のほうを失念していた。

「お久しぶりで。宗看先生が生きてる以前にお会いしてましたから、二十数年ぶりになりますな。拙者も天竜さんと同じく賭け将棋に手を出し、伊藤家を破門になりましてな。それからというもの、浪人に身をやつしておりますわ」

「手前が対戦相手だと、又兵衛さんは知ってましたので？」

「ええ。相手が天竜さんだってのはとっくに」

十一郎左衛門が返事を渋って、天竜が相手の名を聞いたのはつい先日である。

これまで手合いをしたことがないので、実力は分からない。しかし天竜は、自分の不利を悟った。将棋の世界に身を置いていた者ならば、天竜の残してある棋譜を調べ上げているに違いない。天竜においては、相手の何も知らずに勝負に挑むことになる。計り知れないほど、不利である。

付き人は、天竜側から大和屋十一郎左衛門嘉彦。大賀側は、坂田屋三津五郎。

立会人として山脇倉十郎が、勝負の盤上を見届ける。

その部屋に、立会人とは別に灸屋の兆安がいる。大和屋十一郎左衛門の口利きで、呼ばれたことになっている。

双方、持ち時間無制限の一本勝負とされている。長丁場の勝負なので、途中で双方の疲れを癒す療治のために控えている。

昼四ツを報せる鐘の音が、遠く浅草寺から聞こえてきた。

「それじゃ、四ツになったので、はじめてくれ」

と、立会人の山脇倉十郎が開始の合図を送った。

振り駒で天竜が先番となり、四半刻ほど考えてから一手目に角道を開けた。

一手目からの長考に、立会いの山脇倉十郎が大きな欠伸を見せた。その両脇に座る十一郎左衛門と三津五郎は、緊張のあまり瞬きもせずに盤面を見つめている。

一手目を指すと早々「失礼します」と断りを言って、天竜は立ち上がり部屋から出ていった。そのとき、部屋の隅に控える兆安に目配せを送る。

「どうかしたのかい、天竜さん？」

対戦部屋から離れたところで、天竜と兆安が話をする。

「俺は将棋盤を見つめながら、考えていた」

将棋とは、別のことを考えていたと天竜は言う。

「何を考えていたんで？」

「もしかしたら、牛ノ御前に来たのは山脇倉十郎じゃないかと思ってな」

「なんだと？」

「でかい声を出すな。いや、もしかしたらと思ってな」

「何を根拠に……？」

天竜は、開始の合図を送る山脇倉十郎の一声を聞いた。牛ノ御前で聞いた声と似て聞こえた。それと共に『それじゃ』と、いく度か言葉の中に出てきたが、発音と口癖が天竜には同一人物に思えていた。

「それでどうしようかと、一手目を指す間にずっと考えていた」

兆安を呼び出したのは、その間に思い浮かべた手はずを授けるためであった。

「俺はすぐに部屋に戻るが、灸屋さんはこの屋敷を探ってくれないか。もしかしたら……」

「なるほど、分かった」

「俺はできるだけ長考に耽るから、焦らねえでやってくれ」

「何か分かったら、部屋に戻って合図を送る」

　さして間をおかず、兆安との話はついた。そして、何食わぬ顔で天竜は対局部屋へと戻った。

　飛車先の歩が、一歩前に進んでいる。「失礼しました」と詫びを言い、天竜は座についた。

　半刻ほどが経っても、まだ七手も進んでいない。大賀のほうは、間髪いれずにすぐに指すが、天竜が三手目五手目に四半刻以上を要した。

　兆安が部屋に戻ってきたのは、天竜が七手目を考えているところであった。静かに襖が開き、天竜は横目でもって兆安の顔を見やった。すると、小さくうなずきが返った。

　早く兆安の話を聞きたいが、ここで焦りは禁物である。すると、今度は大賀が長考に入った。

　それを見計らって、天竜は再び席を外す。

「肩を揉んでもらえんですか？」

　按摩で兆安を呼ぶ、口実であった。

七

三千石以上の大身（たいしん）ともなれば、敷地面積千三百坪。長屋を含む建屋の総面積が、五百坪。母屋だけでも、平屋で三百坪の拝領屋敷が与えられていた。

そのどこかに、お志乃とお千代が捕らえられているかもしれないというだけで、兆安は動いた。

いっときは、軍役用で五十人ほどの家来を抱えていたが、無役となった今は十人ほどの中間（ちゅうげん）らしき男たちが、広い屋敷の中で屯（たむろ）している。いずれも、素行のよくない無頼たちである。

兆安は、対局の部屋から出ると、屋敷内を探った。

「どちらに行くので？」

広い母屋をあてどなく歩いていると、背後から声をかけられた。振り向くと、髷を横になびかせ、格子模様の小袖を纏った、見るからにやくざ風情の男であった。

「厠（かわや）はどちらで？」

兆安は、十徳を纏って医者に見える。

「将棋立会いの、お医者さんで？」

相手の警戒は、すぐに解けた。

「あんた、顔色が悪いな」

「さいですかい？　このところ、腹の具合が……」

「対局は時がかかる。まだはじまったばかりなので、診てしんぜよう」

「でしたら、厠まで案内しますぜ」

したくもない小便をし、兆安は厠から出た。鍼の治療をしてやると、空き部屋で男に鍼を打った。鍼を打つ箇所は、十一郎左衛門と同じである。

男の腕をめくると、腕に二本のわっかが彫られている。

「……乙松が書付を預かったのは、こいつからか」

これで、さらに得心がもてた。

――こんな奴らは、仕損じたってかまわねえ。

そう思えば気楽に、急所に鍼を打てた。

耳元で「捕らえている女たちはどこにいる？」と、囁くように訊いた。すると男は、意識を朦朧とさせて言う。

「土蔵の中……」

「その土蔵は、どこにある?」

「裏庭の、厩(うまや)の近く」

「天竜さんに書付を届けたのは、あんたか?」

「そう」

この男から聞くのは、これだけで十分である。

下手(へた)をすれば男は廃人となるが、今度もうまくいった。二度も成功すれば、自信が持ててくる。

兆安は鍼を抜いて、男の意識を覚ました。

「どうだ、気持ちがよかったか?」

「おかげで、すっきりとしましたぜ」

これほどの屋敷になると、裏側にも出入りの門がある。広い屋敷の庭をうろつくより、裏庭ならば外から回ったほうが早いと判断した兆安は、一度表門から出た。塀を半周すると、古びた長屋門があった。表門ほど重厚でないにしても、門扉には乳鋲(ちびょう)が打ち付けてある。脇門は、引き戸になっている。

現役の普請奉行であったならば、そこにも門番の一人くらいいたのだろうが、今は誰もいない。

脇門に、閂はかかっていない。兆安は、そっと引き戸を開けて人の気配をうかがった。中に入れば、正々堂々と歩くことができる。誰かに見つかれば、広い庭を散策していたと言えばよい。

庭の手入れはよくない。植木の五葉松も剪定を施してなく、雑木の感がある。地べたは雑草が生え放題で、その隙間から青大将が鎌首を持ち上げている。

「うわっ！　こんなとこに蛇がいやがる」

兆安の心の臓が、ドキッと一つ鼓動を打った。

「……厩ってのはあそこか」

今は、馬は一頭も飼われていない。その厩舎の向かい側に、二十坪ほどの漆喰総塗りの土蔵が一棟建っている。その付近に、ほかに土蔵はない。

「ここだな」

土蔵の引き戸には、頑丈な錠前がかかっている。

「……錠前の鍵が必要か」

兆安は、戸口の前で思案顔となった。

足元を見ると、人が出入りしている形跡がある。この中に閉じ込められていると、兆安は確信できた。そうなると、どうやって鍵を開けるかである。

手はずどおりに事を運ぶには、まずは錠前を開けなくてはならない。

すると、母屋のほうから男が一人歩いてくる。兆安はそれに気づくと、土蔵の陰に身を隠した。手に提げた物からして、食事を運んできたらしい。

土蔵の引き戸が開く音がして、男が中に入っていく。兆安は、開いている戸口の前に立った。

「めしだ」

と、奥の方から声がした。遅い朝めしであった。

「いつ出してくれるんだい？」

女の声は、齢がいってる。天竜の元女房の、お志乃と取れる。

「きょうか、あしただ。だけど、生きて出られるか死んで出るかは分からねえ。それまで、大人しくしていな」

言って男は、外へと出てきた。そして、南京錠をしっかりとかけた。

土蔵の壁が厚く、外と中では話ができない。兆安は、それだけ確かめると対局部屋へと戻った。

兆安が小さく合図を送り、天竜を呼び出す。

「ちょっと気分が悪くなったので、療治をしてもらってきます」

断りを言って、天竜が立ち上がる。一手指し手を進めると、対局部屋の外へと出た。

少し離れた部屋で、兆安の話を聞く。

誰も、天竜と兆安の関わりを疑う者はいない。

「いましたぜ」

兆安の一言で、天竜の顔色は赤く上気した。

「本当かい？」

「だけど、俺と天竜さんだけでは救い出すのは難しい。ここは定五郎さんと菊ちゃんの助が必要だ」

何かあったらと、二人はけったい長屋で控えている。

「これから俺が呼んでくる。それまで勝負を伸ばしておいてくれませんか」

「ああ、もちろんだ。もうこんな勝負はどうだってかまわねえ、二人を救い出すのが先だ」

しばらくして天竜は対局部屋に戻り、兆安は山脇の屋敷をあとにした。

天竜は手番で六手指すのに、二刻も費やしている。

目がパッチリと冴えているのは、天竜だけである。大賀も、天竜の長考には苛立ちを見せはじめていた。

「もう少し、早く指してもらえませんかね？」

とうとう対戦相手が、注文を出してきた。

まだ、序盤の序盤で勝負どころとはいえない。将棋好きならば、なぜにこんなところで考えると、疑問で首が曲がるはずだ。大賀の気持ちも、分からないではない。

「この将棋は、無制限ですぜ」

どれだけ考えてもよいというのは、互いの納得ずくである。ぎょろりと睨む目で相手を威嚇し、天竜はさらに長考に沈んだ。

夕日が西に傾きを見せた夕七ツを四半刻ほど過ぎたころ、灸屋の兆安が様子を見に部屋へと入ってきた。

兆安が、立会いの山脇に小声で話しかけている。

「対局者の、お体の具合はいかがでしょうか？」

「まだ、なんともなさそうだ。この将棋は、なかなか手が進まんでな、見ているこっちのほうが疲れる。ならば、まず先にわしの肩のこりを解してもらおうかな」

「かしこまりました」

兆安と山脇のやり取りを横目で見て、天竜は飛車先の歩を一手進めた。

兆安が部屋に戻ってきたその姿を見て、天竜の指し手が俄然早くなった。

大賀が指すと、十も数えないうちに指し返す。二十手も指さぬうちに、天竜は大賀の実力を見切っていた。というよりも、かなり弱い。こんな指し手が伊藤宗看の弟子であったとは、天竜は信じられぬ思いであった。しかし、たしかに顔に憶えがある。

こんな男に、大勝負の代打ちをさせたのかと天竜は怪訝になるも、すぐに腑に落ちることがあり、思いを撤回させた。

――それでお志乃たちを拐かし、それを人質として俺に負けてもらおうって魂胆か。将棋とは、筋違いの手を指してきた。ならば、端から実力など必要ないことになる。

――ところが、どっこいだぜ。負けるなんて、とんでもねえ。

天竜の含む笑いは、盤面に目を向ける大賀には通じてはいない。

暮六ツの、四半刻前に決着をつけるというのが、手はずの内であった。それまで、あと半刻ほど残す。

相手の大賀は、指し手が早い。天竜が、将棋の進みを調節する。

隣の部屋では、兆安が山脇倉十郎の肩を揉み、針療治にかかっている。

「相当お疲れのようで……すぐに、楽にさせてあげますから」

「ああ、こんな大勝負の立会いは、見ているだけで疲れる。それにしても、将棋指しってのは、ずいぶんと長く考えるものだな」

「天竜さんは、昔……」

「ああ、聞いている。大橋家を破門になったらしいな。だが、天竜はこの勝負に負ける」

「なぜでございます？」

「天竜以上に、相手の男が強いからの」

「左様でございますか。まあ、手前としたらどちらが勝とうが関わりがありません。さあ、もっと気持ちのよくなるところに、鍼を打って差し上げましょう」

三度目ともなると兆安も自信がついてくる。手際よく、急所に鍼が打てた。

山脇の懐が膨らんでいるのは、ペイストルを隠しているからと思われる。兆安の狙いは、それを奪うことにあった。飛び道具さえ奪えば、あとは怖いものなしである。十人ほど抱える無頼など、菊之助と定五郎が相手になれば、取るに足りない。

兆安は、山脇を陶酔状態にさせて、懐の中に手を入れた。すると、指先が固い物に触れた。取り出すと、やはり掌に乗るほどの短筒であった。

「これが、ペイストルっていう物か。こんな得物を持つなんて、卑怯な野郎だぜ」

兆安は初めて目にし、手にするものであった。それが、一瞬で人を殺せる武器であることくらいの知識は持っている。

「こんなもん持たせといたら、大変だ」

持つとズシリと重い。山脇が陶酔から覚めたら、懐にペイストルがないのが分かってしまう。

「そうか、弾を抜いとけばいいんだな」

六連発の弾倉から、容易に弾丸を抜き取ることができた。そしてペイストル本体を山脇の懐に戻し、何食わぬ顔をして陶酔状態を解いた。

「これは、効くな」

なんともいえぬ、悦に入った山脇の表情であった。

八

五十一手目で、大賀の玉(ぎょく)の行き場がなくなった。

「負けました」

往生際がよく、意外と大賀の顔がさっぱりとしているのが、天竜には不思議に思えた。

大賀の投了は、日が西に落ちる、暮六ツに四半刻ほど残すところであった。

「手前の勝ちでございますな」

大和屋十一郎左衛門が勝ち誇ったように言うと、坂田屋三津五郎が唇を嚙み締めうな垂れている。

立会いの席に戻っていた山脇倉十郎が、勝負を見届けると、目を吊り上げ鬼の形相で立ち上がった。

「なぜに勝ちやがった？」

山脇が、天竜に向けて怒鳴り声を上げた。とうとう本性をさらけ出す。

「やっぱりっていうよっか、俺は山脇様の魂胆はすべてお見通しでしたぜ。いくらもらったか知らねえが坂田屋の肩を持ち、八百長を仕掛けたってのは、将棋以上に手を読めてましたぜ」

「天竜……きさま、娘と前の女房がどうなってもいいってんだな？」

怒りで我を忘れたか、山脇は自分から悪事を晒した。

「だったら、好きなようにしたらいいじゃねえか。俺は、そんな脅しにだって負けやしねえよ」

天竜と山脇のやり取りに、大和屋十一郎左衛門が驚いた顔をしている。

「三津五郎さん、いったいどういうことだね？」

「大和屋さん、千代田城の天守普請、どうしてもお宅で引き受けてもらおうと思ってな」

坂田屋三津五郎は、負けを認めていない。

「そんなんで、山倉様を……」

「往生際が悪いな、三津五郎さん。これは、将棋で負けたほうが……あっ、今しがた天竜の娘と前の女房がどうのこうのって、何かしでかしたのか？」

「ああ、ちょっと禁じ手を使った」

返したのは、山脇倉十郎であった。手にペイストルが握られ、その銃口が突っ立つ天竜と十一郎左衛門に、交互に向けられている。

「万が一負けたときのために、こういうものを用意しておいた。今ここに、元の女房と娘を連れてくる。大和屋、負けたと言え。さもないと、天竜と女たちを殺さなくてはならなくなる」

十一郎左衛門を、脅しにかけた。

すると、十一郎左衛門が意外なことを口にする。

「ああ、かまわん。天竜や女房や娘を殺そうが焼こうが、好きなようにすればよい。誰がなんと言おうが、わしは勝ったのだ」

「なんだって？」

顔を真っ赤にして驚いたのは、天竜であった。

「五万両は払ってやる。しかしわしを殺したら、三十万両すべて負担せねばならなくなるぞ」

金を盾にして命乞いをする、十一郎左衛門の本性があらわとなった。

「なんて野郎だ！ てめえも絶対に許しちゃやらねえ」

顔を真っ赤にして、達磨入道を彷彿させた天竜の怒り顔が十一郎左衛門に向いた。

「天竜さん、あんただってそうだろ。元の女房と娘が人質に取られ、負けを強要されたのだろ。それを、本気を出して勝った。あんただって、三百両に目が眩んだんではないのか？」

天竜が勝ったのは、金のためだと十一郎左衛門は言い張る。

「とんでもねえ、見当違いだ。俺は、あんたに本当に勝たせてあげようと思った。もちろん、元のかかあと娘は救い出しての話だ。その手はずになっているんだぜ」

「なんだと？」

「だが、今の話で気持ちが切り変わったぜ」

天竜の含み笑いに、十一郎左衛門の全身が震えている。

「おい天竜。今元の女房と娘を連れてくる。そしたらよりを戻して、三人仲良く冥土に送ってやる」

もう、腹いせでしかない。銃口を天竜一人に向けて、山脇が言った。

そのころ、お志乃とお千代が捕らえられている土蔵には、山脇の手下たち六人が向かっていた。

女と娘を連れてこいとの、山脇からの命令であった。

「土蔵の鍵が開いているな。そうか、与助が閉め忘れたんだな。しょうがねえ野郎だ」

言って重い引き戸を開けると、天窓の光が差し込み、まだ中は薄ら明るい。

土蔵の奥の方に、女が二人うずくまっている。

「おい、出てきな」

声をかけても返事もせずに、二人とも尻を向けて動こうともしない。手下六人が中へと入る。すると、男が一人横たわって寝ている。

「与助じゃねえか」

　錠前の鍵を持っている男であった。

　六人が不審の気配を感じて、立ち止まった。その奥には、女が二人しかいない。気を取り直したか、六人が女の傍に近づいた。

「おい、女と娘、立ち上がりな」

　すると、背中を向けて二人は立ち上がった。そして、ゆっくりと振り向く。

「あっ！」

　驚いたのは、無頼の男六人であった。

　二人とも、面相がまったく違っていたからだ。

「驚いたかい？」

　野太い声を発したのは、お志乃の着物に着替えた菊之助であった。

「お亀ちゃんは危ねえから、下がっていな」

　もう一人の、お千代の格好をしているのは、もと巾着切りのお亀であった。

「本物のお志乃さんとお千代ちゃんは、ここにはいねえよ。相手になる、ぬけ弁天の菊之助たあ、おれだ。てめえらに四の五の言わせねえ、ぶっ叩いてやるから手を合わせて拝んでいやがれ」

菊之助は隠しておいた木刀を握り、啖呵を放つと同時に打ちかかっていった。

相手が匕首を抜く間に、すでに三人が木剣で打ち据えられ、土間でのたうち回った。三人が外に逃げるも、そこには定五郎が立ちはだかった。定五郎は素手で二人を倒し、もう一人を羽交い絞めにして捕らえた。

屋敷内を案内させるのに、一人は必要だ。

定五郎が、帯留めの細紐で、男の手首をうしろ手で結わえた。

「将棋の対局部屋に案内しな」

女の姿となった菊之助が、声を低くして言った。

「とっとと歩け」

定五郎が紐を締め上げ、男の背後から急かせた。

「お亀ちゃん、ご苦労だったな」

「高太郎さんから、頼みまっせって言われてましたから」

今ごろお志乃とお千代は、けったい長屋でかみさん連中から、手厚いもてなしを受けているはずだ。その手はずは、昼間のうちに灸屋の兆安がつけていた。

将棋部屋の襖が閉まり、隣の部屋まで来るとそこに兆安が立っている。

足元に、三人の無頼が寝転んでいる。

「俺が鍼を打って片付けておいた。山脇の手下はもういないはずだ」

兆安が言うと、襖越しに声が聞こえてきた。

「天竜さん、あんただってそうだろ……」

聞こえたのは、十一郎左衛門の言葉からである。

「……仲良く冥土に送ってやる」

と、山脇の言葉を合図に、菊之助が乱暴に襖を開けた。

「ああ、連れてってもらおうじゃねえか。おれのおっぱい目がけて、一発ペイストルの弾をぶち込んでみたらどうだい」

「なんだ、おまえは？」

「見てのとおり、ぬけ弁天の……さっき言ったたな」

いく度も同じ台詞(せりふ)は使えないと、菊之助は左腕に彫った緋牡丹(ひぼたん)をまくって見せた。

「あたしは、お千代ちゃんの代わり」

危険を顧みず、お亀がしゃしゃり出た。

「もう誰だってかまわぬ。全員そろって、あの世に行きやがれ」

山脇は、怒り心頭に発し、自分を見失っている。そんなときの相手ほど、怖いものはない。山脇の指は、ペイストルの引き鉄にかかっている。

「おまえからだ」

銃口が、菊之助に向いた。

お亀が、見てはいられないと顔をそむける。

山脇が、指に力を込めて引き鉄を引いた。

カチッと音がして、ペイストルは不発であった。

「弾ならここにあるぜ」

兆安が部屋に入るなり、六発の弾を山脇の足元に放り投げた。

山脇と十一郎左衛門、そして三津五郎を中に座らせ五人が取り囲む。お亀もその中に交じっている。

そして、もう一人加わった。対戦相手の、大賀又兵衛である。

「大賀さん、あんた……」

天竜が、訝（いぶか）しそうな顔を向けた。

「天竜さんを巻き込んですまなかった。これには、事情（わけ）があってな」

大賀が本当の身の上を語ると、場にいる全員の驚く声があった。とくに驚愕の表情を見せたのは、山脇倉十郎であった。

「幕府の目付というのは、いろいろな者に化けることができるのでな。仕事で伊藤家に出入りしていたときから、天竜さんのことを知っていた」

将棋は好きだが、伊藤家の弟子ではないという。どうりで、将棋が弱いと天竜は思った。そして、大賀に問う。

「ですが、なぜにこんなことを？」

「この者たちは、幕府の出入りをいいことに莫大な利益を上げておってな……」

大賀の語るには、十一郎左衛門も三津五郎も相当な悪徳業者であるという。職人の手間賃や資材購入代金を極力削る、業者泣かせであった。それで、莫大な財を築いた。

山脇は、その利にたかる銀蠅（ぎんばえ）のようなものと、大賀は辛辣（しんらつ）に言った。いずれも、幕府としては捨ててはおけぬ輩であった。

「この時勢で幕府も財政に苦慮しておってな、なんとか金を作らなくてはいけなくなった。そこで思いついたのが、この狂言よ。千代田城天守の建造なんて、もともとなかった話だ。作事奉行の依田（よだ）様から資金供出の話を持ちかけたら、端は難色を示しやがった。いくら幕府とはいえ、無理やり奪い取ることはできない。そこで、思いついたのが将棋の勝負だ」

すべては、大賀又兵衛が仕掛けたことであった。

「天竜さんを思い出してな、この手で行こうと決めた。この欲ずっぽうたちが、まんまと策に乗ってきて、挙句のはてに他人様の内儀や娘まで拐かした」

ここからにわかに大賀の口調が変わる。

「巨万の額を賭けての博奕は、目に余るものがある。これは許しがたき、愚劣な所業。よって大和屋十一郎左衛門嘉彦と坂田屋三津五郎の財産はすべて没収。山脇倉十郎においては、追って沙汰が下るであろう。これで、詰んだな」

大賀の、してやったりの顔であった。

暮六ツを知らせる鐘の音が聞こえてきたと同時であった。ドタドタと廊下を伝わり、慌しい足音が聞こえてきた。

町奉行所の捕り方役人と、目付手配の捕り方たちであった。

「天竜さん、おかげで助かった」

むろん天竜に、咎めはないと大賀は言う。むしろ、金一封が出るとの言葉があった。

五人が横並びとなって、けったい長屋への帰路——。

「お志乃さんとお千代ちゃんが待ってますぜ」

菊之助が天竜に話しかけた。

「どうだい天竜さん、この際よりを戻しちゃ」

定五郎の、勧めもあった。

「どうもあのかかあは気が強くて、一緒にいると肩がこっていけねえ」

「いつだって、鍼を打って差しあげますよ」

余計なお世話だと、呟く天竜の声は届いていない。

第三話　棒手振り（ぼてふ）の涙

一

「……おかしいねえ？」

担ぎ呉服屋の女房おときが、牛蒡（ごぼう）の泥を落としながらふと呟いた。

今朝も朝早くからけったいな長屋の井戸端（いどばた）を、五人ほどのかみさん連中が囲み、朝餉（あさげ）の支度で余念がない。無駄口でもって賑やかなのは、いつもの光景である。

「おかしいねって、何か面白いことでもあったのかい？」

灸屋（やいとや）兆安の女房およねが、米を研（と）ぎながら訊いた。

「おかしいってのは、変だって意味だよ」

おときの話に、かみさん連中の朝餉の支度の手が止まった。何が変だと、おときにみんなの顔が向く。

「いつも来る朝吉って蜆売りの子が、この三日ばかり来てないだろう……？」

おみおつけの具にする蜆と浅蜊を前後の笊にぶら下げ、天秤を担いでほぼ毎朝売りに来る棒手振り朝吉が、この日も顔を見せないのをおときは訝しがった。

「そういえばそうだけど、それがなんで変なのさ？」

蜆売りが三日来ないだけでおかしいと思う、そのほうが変だとおよねが苦笑う。

「それってのはね……」

おときが、その理由を口にする。

「三日ほど前のことなんだけど……」

朝吉の着ている小袖に、糸の解れや破けている箇所があるのに気がついた。しかも、汚れも目につく。これまでそんなことはなかったのにと、呉服屋の女房らしい気の使い方をおときはしていた。

「そんなんで、古着だけど小袖を一枚あげようと思ってね……いえ、余計なことかもしれないけど言ったのさ。亭主が間違えて仕入れてきた着物があるんだけど、身の丈がちょうどよさそうなんで着るかいってね。そしたら喜んでねえ、あした必ず取りに来るって言って帰っていったんだよ」

だが、それから三日経っても浅蜊・蜆を売りに来ないし、小袖を引き取りにも来てはいない。

「なるほど、それはおかしいわねえ」

おときの話に、かみさん連中の首が傾ぎ、場はざわめき立った。

「そうだろう、誰だっておかしいと思うよね？」

おときの問いかけに、そろってうなずく。

そんな些細なことでも、庶民の暮らしの中では大きな出来事なのである。

今朝の、井戸端での話題であった。


けったい長屋は、十二世帯が住める棟割り長屋である。そのうちの半分は所帯持ちで、半分は独り身である。

必ず毎日、少なくと五世帯は、棒手振り朝吉から浅蜊か蜆のどちらかを買う。朝吉にとっては、けったい長屋は得意先であった。

そこへ、女物の有松蜘蛛絞りの真っ赤な長襦袢のまま、井戸端に近づいてきたのは、普段は傾寄衣装で身を包む、ぬけ弁天の菊之助であった。

「おや菊ちゃん、今朝はいつもより早いね」

明六ツの鐘が鳴って、四半刻ほど過ぎたころである。菊之助とすれば、早い寝起きであった。

「ああ、夕べは早く寝ちまったもんで」

およねの問いに、菊之助が欠伸混じりで答えた。

「面を洗いたいんで、ちょっと井戸を貸してもらえんですかい？」

歯磨き砂で口を漱ぎ、桶に溜めた水で顔を洗う。そして、肩に載せた手拭いを、はらりとめくって面を拭く。その一連の仕草に「……まるで、羽左衛門みたい」と、女連中はうっとりする。

羽左衛門とは、白浪五人男の一人、弁天小僧菊之助が当たり役となった十三代目市村羽左衛門のことである。世の女連中の、まさに憧れの的となっている。その羽左衛門を、菊之助は髣髴とさせる。それに加えて、菊之助は姿見とはかけ離れた男伊達でもある。

困った人からの頼みとあれば、いやとは言えない性格である。よほどの事がない限り、断ったためしがない。

かみさん連中の、もの欲しそうな目が菊之助に向いている。

「どうかしたんですかい？」

また何か、頼まれごとかと菊之助は気持ちの中で身構えた。

「菊ちゃんは、毎朝来る朝吉という蜆売りを知ってるかい？」

五人を代表して、おときが訊いた。

「ああ、知ってるよ。あの売り声で、眠っているところをいつも起こされる」

「そんな嫌味(いやみ)を言うのおよしよ。あの子なりに一所懸命に、励んでるんだからさ」

「そりゃそうだ。こいつは、おれの言い方が悪かった。それで、その朝吉ってのがどうかしたので？」

「この三日ばっかり、お見限りなんだよ」

「何かあったんじゃないかと思ってね」

おときの話に、おくまが乗せた。

「そういえば、このところ売り声がしてなかったな。だけど、たったの三日来ないだけで、何でそんなに騒いでるんで？」

三日ばかり売り声が聞こえないといって、気にするほうがおかしいと、取り合わない気持ちをうちに秘め、菊之助は女たちの話を聞くことにした。

「それがね……」

おときが理由を説いた。

「なるほど。わけは分かったが、それでおれにどうしろと？」

「なんだか、胸騒ぎがするんだよ」

担ぎ呉服屋定五郎の女房おときは、勘の鋭い女である。以前も何か胸が騒ぐことがあると言って、それが騒動にもち上がったことがある。意外と捨ててはおけない、おときの言葉であった。

こうなると、菊之助も惚けるわけにはいかない。浅蜊や蜆のおみおつけにありつけるのも、長屋のかみさんの誰かが「これをお飲みよ」と言って持ってきてくれるからで、恩義もある。

「だったら、おれがちょっと様子を見てきてやろうか」

「そうだねえ。ついでに、あげようと思っていた小袖も届けてくれないかね」

遊び人で、普段は暇をもてあましている菊之助である。おときの頼みも二つ返事で引き受ける。

「よし、分かった。それで朝吉ってのは、どこに住んでるか知ってるので？」

「それが、誰も知らないんだよ」

浅蜊や蜆はほぼ毎朝だが、五日に一度ほどは、夕方近くに魚の干物なども売りに来る。だが、その品物をどこで仕入れているかまでは誰も知らないし、どこから売りに来ているのかも知らない。

「無口な子でねえ、余計なことは何も喋っちゃくれないんだよ」

「かわいげがないといっちゃ、それまでなんだけどさ……」

およねが、苦笑いを浮かべて言った。

「あたしは、その無口には何か事情があると睨んでるのさ」

おときの勘が、働いている。

「何か事情ってか。だったらそいつも、探ってきてやる」

おみおつけの恩義もある。菊之助は一肌脱ごうと、女物の襦袢の袖をめくった。

一輪の緋牡丹(ひぼたん)が、二の腕にあらわになった。

「弁天小僧は桜(さくら)だけど、菊ちゃんは緋牡丹……様子がいいねえ」

うっとりとしたかみさん連中の視線を浴び、菊之助は長居は無用と自分の塒(ねぐら)に戻っていった。

菊之助は疎遠となっていた両親を、最近になってたてつづけに亡くし、いささか自失状態だった。

勘当された身とはいえ、成人するまでは育ててくれた親の恩義に、ずっと背いてきた。生きているうちに、親孝行をしてやれなかったとの悔いが、日が経つごとに募ってきていた。

「……何か、気持ちが吹っ切れることがあればいいんだが」

この、もやもやとした感情を吹っ切れるものを、菊之助は模索していた。

先だって、将棋真剣師の天竜に力を貸し、元の女房と娘を魔の手から救ったが、ほんの少し携わっただけで、菊之助としては完全燃焼していない。

「ここいらあたりで、何かガツンとしたことをやりてえな」

家に戻ると菊之助は、六畳間の真ん中で大の字となり、天井を見やりながら独りごちた。

やがて起き上がると、胡坐を組んだ。煙草を吸いたくなったからだ。

煙草盆を前にして、一服つける。赤銅色の煙管の雁首から紫煙が立ち昇ると、おときの言った一言を思い出した。「――その無口には、何か事情があると睨んでるのさ」と。

棒手振りの小僧が、たった三日顔を見せないだけで、何かあったと思うのは早計だろうが、菊之助が気にしたのはおときの勘どころであった。

101-8405

書籍のご注文は84円
アンケートのみは63円
切手を貼ってください

東京都千代田区神田三崎町2-18-11

二見書房・時代小説係 行

ご住所 〒		
TEL - -	Eメール	
フリガナ		
お名前		(年令 才)

※誤送を防止するためアパート・マンション名は詳しくご記入ください。

20.08

愛読者アンケート

1 お買い上げタイトル
（　　　　　　　　　　　　　　　　　　　　　　）

2 お買い求めの動機は？（複数回答可）
□ この著者のファンだった　□ 内容が面白そうだった
□ タイトルがよかった　□ 装丁（イラスト）がよかった
□ 広告を見た　（新聞、雑誌名：　　　　　　　　）
□ 紹介記事を見た（新聞、雑誌名：　　　　　　　　）
□ 書店の店頭で　（書店名：　　　　　　　　）

3 ご職業
□ 会社員 □ 公務員 □ 学生 □ 主婦
□ 自由業 □ フリーター □ 無職 □ ご隠居
□ その他（　　　　　　　　　　）

4 この本に対する評価は？
内容：□ 満足 □ やや満足 □ 普通 □ やや不満 □ 不満
定価：□ 満足 □ やや満足 □ 普通 □ やや不満 □ 不満
装丁：□ 満足 □ やや満足 □ 普通 □ やや不満 □ 不満

5 どんなジャンルの小説が読みたいですか？（複数回答可）
□ 江戸市井もの　□ 同心もの　□ 剣豪もの　□ 人情もの
□ 捕物　□ 股旅もの　□ 幕末もの　□ 伝奇もの
□ その他（　　　　　　　　）

6 好きな作家は？（複数回答・他社作家回答可）
（　　　　　　　　　　　　　　　　　　　　　　）

7 時代小説文庫、本書の著者、当社に対するご意見、
ご感想、メッセージなどをお書きください。

ご協力ありがとうございました

↓ この線で切

⑦影武者捜し ⑧天女と夜叉 ⑨火焔の啖呵
⑩青二才の意地

殿さま商売人シリーズ

①べらんめえ大名 14113 ②ぶっとび大名 14174
③運気をつかめ！ 15056 ④悲願の大勝負 15129

陰聞き屋 十兵衛シリーズ

①陰聞き屋十兵衛 12176 ②刺客 請け負います 13060 ③往生しなはれ 13109
④秘密にしてたもれ 13190 ⑤そいつは困った 14053

風野 真知雄（かぜの・まちお）

大江戸定年組シリーズ

①初秋の剣 ②菩薩の船 ③起死の矢 ④下郎の月
⑤金狐の首 ⑥善鬼の面 ⑦神奥の山

喜安 幸夫（きやす・ゆきお）

はぐれ同心 闇裁きシリーズ

①龍之助江戸草紙 ②隠れ刃 ③因果の棺桶
④老中の迷走 ⑤斬り込み ⑥槍突き無宿
⑦口封じ ⑧強請の代償 ⑨追われ者
⑩さむらい博徒 ⑪許せぬ所業 ⑫最後の戦い

見倒屋鬼助 事件控シリーズ

①朱鞘の大刀 ②隠れ岡っ引 ③濡れ衣晴らし
④百日髷の剣客 ⑤冴える木刀 ⑥身代喰逃げ屋

隠居右善 江戸を走るシリーズ

㉒春風の軍師 ㉓炎剣が奔る ㉔野望の埋火〈上〉
㉕野望の埋火〈下〉 ㉖幻の赦免船 ㉗双面の旗本
㉘逢魔の天狗 ㉙正邪の武士道 ㉚恩讐の香炉

勘十郎まかり通るシリーズ

①闇太閤の野望 19190 ※②盗人の仇討ち ※③独眼竜を継ぐ者

幡 大介（ばん・だいすけ）

天下御免の信十郎シリーズ

①快刀乱麻 ②獅子奮迅 ③刀光剣影
④豪刀一閃 ⑤神算鬼謀 ⑥斬刃乱舞
⑦空城騒然 ⑧疾風怒濤 ⑨駿河騒乱

聖 龍人（ひじり・りゅうと）

夜逃げ若殿 捕物噺シリーズ

①夢千両すご腕始末 ②夢の手ほどき ③姫さま同心
④妖かし始末 ⑤姫は看板娘 ⑥贋若殿の怪
⑦花瓶の仇討ち ⑧お化け指南 ⑨笑う永代橋
⑩悪魔の囁き ⑪牝狐の夏 ⑫提灯殺人事件
⑬華厳の刃 ⑭大泥棒の女 ⑮見えぬ敵
⑯踊る千両桜

火の玉同心 極楽始末シリーズ

①木魚の駆け落ち 16098

氷月 葵（ひづき・あおい）

→ この線で切り取ってください

↑ この線で切

←この線で切り取ってください

婿殿は山同心シリーズ
①世直し隠し剣 ②首吊り志願 ③けんか大名

公事宿 裏始末シリーズ
①火車廻る ②気炎立つ ③濡れ衣奉行
④孤月の剣 ⑤追っ手討ち

御庭番の二代目シリーズ
①将軍の跡継ぎ ②藩主の乱 ③上様の笠
④首狙い ⑤老中の深謀 ⑥御落胤の槍
⑦新しき将軍 ⑧十万石の新大名 ⑨上に立つ者
⑩上様の大英断 ⑪武士の一念 ⑫上意返し
※⑬謀略の兆し

藤木 桂（ふじき・かつら）

本丸 目付部屋シリーズ
①権威に媚びぬ十人 18059 ②江戸城炎上 18166
③老中の矜持 19028 ④遠国御用 19096
⑤建白書 19175 ※⑥新任目付

藤 水名子（ふじ・みなこ）

与力・仏の重蔵シリーズ
①情けの剣 ②密偵がいる ③奉行闇討ち
④修羅の剣 ⑤鬼神の微笑

旗本三兄弟 事件帖シリーズ
③天領の夏蚕 19117 ④火の車 19191
※⑤鷹は死なず

森 詠（もり・えい）

忘れ草秘剣帖シリーズ
①進之介密命剣 09097 ②流れ星 09158
③孤剣、舞う 10026 ④影狩り 10095

剣客相談人シリーズ
①長屋の殿様文史郎 ②狐憑きの女 ③赤い風花
④乱れ髪 残心剣 ⑤剣鬼往来 ⑥夜の武士
⑦笑う傀儡 ⑧七人の刺客 ⑨必殺、十文字剣
⑩用心棒始末 ⑪疾れ、影法師 ⑫必殺迷宮剣
⑬賞金首始末 ⑭秘太刀 葛の葉 ⑮残月殺法剣
⑯風の剣士 ⑰刺客見習い ⑱秘剣 虎の尾
⑲暗闇剣 白鷺 ⑳恩讐街道 ㉑月影に消ゆ
㉒陽炎剣秘録 ㉓雪の別れ

北風侍 寒九郎シリーズ
①津軽宿命剣 19078 ②秘剣枯れ葉返し 19156
③北帰行 20011 ※④北の邪宗門

森 真沙子（もり・まさこ）

日本橋物語シリーズ
①蜻蛉屋お瑛 ②迷い蛍 ③まどい花
④秘め事 ⑤旅立ちの鐘 ⑥子別れ

この日の朝めしは、そのおときが差し入れてくれた。丼飯と大根のおみおつけ、そして鰯（いわし）の丸干しが一匹と沢庵（たくあん）の香々（こうこ）がおかずであった。

誰かが誰かの面倒を見る。そんな人のよい輩（やから）が、この長屋には集まっている。半端でないほど人情味溢れるこの長屋を、近在の人々は上方（かみがた）弁で『けったい長屋』呼んでいる。

菊之助は、朝めしを食べ終えるとさっそく着替えた。

この日の出で立ちは、朝顔の花があしらわれ、隙間に団扇（うちわ）の小紋が描かれた、女物の派手な単（ひとえ）である。衣装が夏向きとなった、菊之助の傾（かぶ）いた姿である。

派手な小袖を着こなし、赤い鼻緒の雪駄（せった）をひっかけ菊之助は外へと出た。

食べ終わった丼と皿を盆に載せ、定五郎の家を訪れる。

「ご馳走になりました」

「おじちゃん、おいしかった？」

戸口に出てきたのは、定五郎とおときの娘で七歳になるお花であった。

「ああ、おいしかったとも。今度、お花ちゃんにうまい饅頭（まんじゅう）を買ってきてあげるからな」

「おいらにもだよ」

お花のうしろに、兄の定吉が立っている。十歳になれば、頭一つお花より大きい。

「ああ、分かってるさ。定吉もお花も、いい子にしてるんだぞ」

お花の頭を撫でて、菊之助は表へと出た。

初夏とはいえぬ眩しい光が降り注いでいる。

二

小袖を包んだ風呂敷を手に持ち、朝吉の居所を探しに出たのはよいが、蔵前通りに出ると右に行くか左に行くかで迷った。

「だったら、道をつっ切るか」

菊之助は、そのまま真っ直ぐ蔵前通りを渡ると『頓堀屋』の金看板が庇の上に載る、材木屋の店内に入っていった。

「大家さんはいるかい？」

二十歳で頓堀屋の跡を継ぎ、けったい長屋こと『宗右衛門長屋』の大家である高太郎を訪ねた。

「おや菊之助さん、今朝はお早いお越しで」

顔馴染みの番頭藤治郎が、菊之助に声をかけた。頓堀屋の運営は、この四十男の双肩にかかっているといってもよい。

「すまないけど番頭さん……いや、番頭さんでいいや。ちょっと訊きたいことがあるんですけど？」

「どんなことでございましょう？」

やはり商人である。誰に対しても、言葉に敬いがある。

「毎朝浅蜊と蜆を売りに来る、棒手振りの小僧ってのを知ってますかい？」

「ええ。あの声で、いつも目を覚ましますから。それが、どうかされましたので？」

「この数日、売り声が聞こえないと、長屋のおかみさんたちが騒いでましてね、それで『菊ちゃん、何があったか調べてきてくれないか』なんて頼まれまして」

「それで、朝早くからそんな派手……いや、艶やかなご衣裳で。また、朝顔の柄がいい色を出しておりますな」

「朝顔の色はどうでもいいけど、番頭さんは……」

菊之助の口が止まったのは、奥から高太郎が顔を見せたからだ。

「菊之助はん、いらしてたんで？」

「久しぶりだな、大家さん」

「久しぶりと言うたかて、たった五日ぶりだっせ」

「五日も会わなきゃ、久しぶりさ。その上方弁が、懐かしいってもんだぜ」

家賃の滞（とどこお）りもなく、問題事が起きなければ、高太郎も長屋に赴（おもむ）くことはない。だが、この朝は菊之助のほうから訪ねてきた。

「ところで、今朝はなんのご用で？」

それを疑問に思い、高太郎が首を傾げて訊いた。

「なんのご用でって、冷たい言い方をするもんじゃないよ。ちょっと、訊ねたいことがあってきただけさ」

いつの間にか、番頭の藤治郎はそばから離れ、手代たちに仕事の指図をしている。

菊之助は、高太郎に向けて用件を最初から語った。

「おかみさんたちが知らんもの、わてが知るわけおまへんがな」

朝吉の顔を見たこともないと、高太郎は言葉を添えた。

「なら仕方おまへんな。また出直してくるわ」

上方弁を交え、菊之助が踵を返そうとしたときであった。

「その子だったら元鳥越町（もととりごえちょう）の、魚屋の子ではねえかな」

たまたま居合わせた、印半纏（しるしばんてん）を着た大工職人が話しかけてきた。材木購入の商談に来ていた四十半ばの男であった。

「棟梁は、知ってますんで？」

高太郎が、問うた。

「ええ、おそらくあっしが住んでる隣町の子だ。夜も明けきらねえうちから天秤を担いで行商に出る働き者って聞いている」

元鳥越町を夜明け前に出て浅蜊、蜆を売り歩きながら浅草諏訪町まで来るには、明六ツを四半刻ばかり過ぎたころになる。元鳥越町と諏訪町は、そんな距離の隔たりであった。

「元鳥越町の魚屋か。ちょっと、行ってみるわ」

「わても行きましょか？」

「こんなことぐらいで、大家さんは動かなくてもいいよ。たまには、店の心配でもしててやりな」

菊之助は、さっそく元鳥越町へと足を向けた。

蔵前通りを南に向かい、左手は幕府の米蔵である浅草御蔵である。右側の道沿いには、米を換金する札差が軒を並べるところである。

御蔵の中ノ御門までできたところで、菊之助は右に入る道を取った。

表通りの森田町から、三町も入ったところに鳥越明神がある。その周辺一帯が、元鳥越町である。

お大尽が住む森田町の煌びやかさに比べ、元鳥越町の雰囲気は陰湿としている。いかにも生活に窮した、江戸庶民が集まったという風情を醸し出している。

菊之助は、鳥越明神の鳥居の前で、道を訊ねるのになるべくならと年増女を選んだ。そういう女に、菊之助は受けがいい。

「ちょっとすいませんが……」

「あら、あたしに何かご用かしらん？」

菊之助の様子見から、ちょっと小粋な年増女の、うっとりとした目が向く。

「この辺に……」

「なんだ、道を訊かれるだけなの？」

ほかに何が用があるというのだと思うも、菊之助は口にはしない。

「いや、すいませんね。このあたりに、魚屋はないですかい？」

素直に謝れば、好感も一入である。

「ええ、あるわよ。よかったら、一緒についていってあげる」

菊之助の問いに、女は我がことのように親身となってくれる。しかし、菊之助としては、それが煩わしい。もてる男の、贅沢な悩みだ。

道筋だけ教えてもらい、菊之助は一人で向かった。

鳥越明神から二つ三つ角を曲がると、雨戸が閉まった魚屋があった。間口が二間ほどの小さな店で、それだけでは魚屋とは分からない。ただ一つ、魚屋であることを証明するのは、軒下にぶら下がった『魚八（うおはち）』と書かれた、看板である。

「……ここか」

まだ朝のうちである。魚屋なのに、表戸を閉めているのはおかしいと、菊之助は首を傾げながら店の前に立った。さっきの女に一緒に来てもらえば、この事情が知れたかもしれないと、菊之助は悔やんだ。

菊之助は、閉まる雨戸をドンドンと音を立てて叩いた。しかし、中からはなんの反応もない。

「その魚屋は、半月ほど前から閉まってるぜ」

そこに、背後から男の声がかかった。界隈をごろごろしてそうな、遊び人風の男だった。齢（とし）のころなら二十二、三ってところか。菊之助より、いく分若く見える。狐（きつね）目（め）のように細く、その目尻が吊り上がっている。

「店をやめたので？」

「さあ、それはなんとも分からねえ」

「ここに、朝吉っていう子供が……」

「ああ、棒手振りの小僧か。そういえば、このごろ顔を見てねえな」

「見てねえって、この店のことが気にならねえんで？」

菊之助の問いに、男から返る言葉は意外なものであった。

「いちいち他人のことなんか、気にしちゃいねえよ。このあたりのやつらは、みんなてめえのことで精一杯だ」

人情味も何もない、けったい長屋とはまったく異なる薄情さを、菊之助は感じていた。

「このへんの人たちは、魚を食わないので？」

「腐った魚を売るような、こんな魚屋で誰が買うってんだ。このへんじゃ誰も相手にしてくれねえが、棒手振りの小僧だけは毎朝早く起きて、どこで仕入れるのか浅蜊と蜆を売り歩いてら」

「親はいないので？」

「そりゃ、いるに決まってるだろ。親がいねえと、子は生まれねえからな」

男の屁理屈に、菊之助は付き合った。

「その親は、どうしたので？」

「一月ほど前までは、この店も立派に商いをやってた。だが、どういう事情か、急におかしくなりやがった。そのころからだ、腐った魚を売りはじめたのは」

魚八で魚を買った人たちが、一斉に腹痛を起こして大騒ぎとなった。

「主は八兵衛という真面目な男なんだがな、ある日を境に仕事をさぼりだした」

男は、事情に詳しそうだ。菊之助は、黙って話の先を聞く。

八兵衛は、丑八ツに起き出しては、半里以上離れた日本橋の魚河岸まで、荷車を牽いて仕入れに出かけるのが日課であった。

子供の朝吉は、朝早くから浅蜊と蜆を売り歩き、家の手助けをする感心な子である。昼間は女房が店先に立ち、働き者の一家を自慢するような家族であった。

それが、どこをどうしたのか、にわかにおかしくなった。

八兵衛は朝早く起きることなく、魚河岸に仕入れになど行かなくなった。行商で魚を売りさばくこともなく、店の棚には、数日前に仕入れた魚が並べられた。春とはいえ、魚の足は速い。

腹痛を起こしたと、客が掛け合っても八兵衛は知らぬ存ぜぬで惚けた。

やがて、住人は魚八を相手にしなくなり、店が閉まっても近在で気にする者はいなくなった。

そんな経緯を、菊之助は男から聞いて、薄情だとの思いを撤回した。

店が閉まったあと、それでも、朝吉だけが天秤を担いで歩いた。

「……やはり、何かあったか」

菊之助の呟きが、男の耳に入った。

「何かって、なんのことで？」

「いえね、俺は浅草諏訪町に住んでる者だが……」

菊之助は、ここに来た経緯を男に語った。

「朝吉が、三日も売りに来てねえってことで、わざわざ訪ねてきたと？」

「頼まれて、着物を届けに来た。それと、気になってしょうがねえと、長屋のかみさんから言われてね」

「もしかしたら、兄さん……けったい長屋の人じゃねえんで？」

「えっ、どうして分かった？」

菊之助が、驚く表情で訊いた。

「浅草諏訪町に、奇妙なほど人情味がある人たちが住む長屋があるって聞いたことがある。そこに、人一倍派手な形をした男おんなが住んでるってのも。それって、兄さんのことで？」

「ああ」

と、菊之助は声だけで返した。

「そうでしたかい。そいつはお見それしました。あっしの知り合いから、見立てはなよなよしてるが、腕っ節が強く度胸の据わった男だと聞いてやしてね」

「それほどじゃねえよ」

けったい長屋の評判は、ずいぶんと広がっているものだと、菊之助は呆れる思いと同時に、誇らしくも感じていた。

「俺は、常次ってもんで……」

男は、自分から名を名乗った。一見は遊び人風に見えたが、話しているうちに、頼りがいがあるように思えてきた。

「おれは菊之助ってんだが、常次さんはこのへんの人で？」

名乗られた礼儀として、菊之助も名を語った。

「三軒向こうに住んでるんだが、ずっとこの家のことが気になってましてね」

常次の言葉が、ぞんざいなものから変わってきている。

「ならば、なんで御番所に届け出ないんで？」

「届けましたよ。だけど、何ごともねえと言ってあとはそのまんまだ」

七日ほど前の話だと、常次は言った。そのころは、朝吉も朝から浅蜊、蜆を売り歩いていた。なので、奉行所の役人も取り合わなかったのだろう。だが、今は状況が違う。朝吉が、プッツリと姿を現さなくなった。

菊之助の脳裏に、不吉な予感が走る。

「なんだか様子がおかしい。どうにか、家の中の様子を探れないかな？」

雨戸は閂(かんぬき)がかかっていて、外からは開けられない。

「だったら、裏に回りますかい」

常次も付き合い、店の周りを半周すると、裏側に腰高の障子戸がある。住まいへの出入り口であった。その脇に、朝吉が担ぐ天秤と笊(ざる)が無造作に置かれている。

三

菊之助は、障子戸の取っ手に指をかけると、そっと引いた。しかし、引き戸は動こうともしない。

「開かない。つっかえ棒がかかってるんなら、中に誰かいるってことだな」

障子戸の桟を三、四度叩いたが中からの返事はない。

尋常でない様子を常次も感じたか、細い目尻がさらに吊り上がった。

「仕方ねえ、壊しましょうぜ」

互いに泥棒でないと認め合い、常次が障子戸の腰板を蹴った。べりっと音がして、羽目板の一枚が外れた。そして、コロンとつっかえ棒が土間に落ちた音が聞こえた。

障子戸が難なく開き、菊之助と常次が中へと入った。

しばらく戸を開けた気配がなく、中の空気は澱み饐えた強い臭いがする。それも、鼻を摘むほどの悪臭であった。

半畳ほどの三和土があり、縁台の奥が住まいである。店とは、障子で仕切られている。

その六畳間に、人が横たわっているのが見える。それも、二人である。

「おい……」

言葉一つ発すると、菊之助は雪駄も脱がずに上がった。

横たわる女は、三十半ばに見える。その横に、朝吉と見られる男児がうつ伏せになって倒れていた。

　思いもよらぬ悲惨な光景に、菊之助と常次は顔をそむけた。

「朝吉のおっ母さんか……駄目だ」

　菊之助が女に近づくと、顔を顰めて首を振った。悪臭は、その遺体から放たれるものであった。

「菊之助さん……」

　常次は、子供のほうを見ている。

「どうした？」

「朝吉に、まだ息がありますぜ」

「めしも食わずに、ずっと母親の遺体のそばに付き添っていたのか？」

　健気な子供だと思ったが、菊之助はそれをむしろ疑問に思えていた。

　――母親に異変があったのなら、なぜにどこにも報せなかった？

　朝吉ほどの気が利いた子供であったら、すぐにもそうしていたはずだ。常次の話だと、誰も聞いていないとのことだ。

「御番所に届けますかい？」

「そうしたほうがいいな。それと、すぐに医者だ。朝吉のほうは、まだ助かるかもしれない」

かなり衰弱しているが、心の臓の鼓動はある。脈もかすかに感じるが、一刻の予断も許せない状況であった。

亭主の八兵衛は、かなり前からいなくなっているのか、気配はそこからはうかがえない。

町方役人の調べでは、事件性はないという。生活に困窮した心中との判断だった。

医者の診立ては、母親は死後三日。外傷はなく、毒を飲んでの心の臓の発作だと言う。

朝吉のほうは、三日ほど何も食べておらず、しかも脱水症状があって意識を失っていた。あと半日放置すれば、死んでいただろうとの診断であった。

まがりなりにも、朝吉が一命を取り止めたのは、けったい長屋のかみさん連中のおかげといっても過言ではない。

朝吉は、医者のところに運ばれ手当てを受けることになった。

それから四日ほどして、常次が菊之助のもとを訪ねてきた。

医療所で養生をして、朝吉は元気を取り戻したという。そして、母親の遺体は、元鳥越町の近所の住人たちの手で葬られたと、報せをもたらせてきた。

「そいつは、ご苦労さんでしたな」

処理を常次に任せ、菊之助はその後元鳥越町を訪れてはいない。朝吉には気の毒だが、それで一件落着と思ったからだ。だが、常次の表情は細い目と目の間に、難儀を抱えたような、一本の縦皺が刻まれている。

「へえ、それが一つ問題がありやして」

常次が訪れてきた、本当の理由を語る。

「朝吉が元気を取り戻したのはいいんだけど、どこにも行くところがありませんでね」

「なんだ、そんなことかい。だったら、ここに連れてくればいいじゃねえか」

あまりにもあっさりとした菊之助の返事に、常次が呆気に取られる表情となった。

「おれのところの隣が空いてるんでな、しばらくそこに住まわせとけばいいさ」

大家の高太郎にうかがいも立てずに、菊之助は言い放った。

「菊之助さんは、ここの大家ですかい？」

「いや。大家は、通りの向こうの材木屋だ。おれがいいと言えば、それで通るから心配するな。それと、三度のめしの面倒はこの長屋の皆さんでやってくれる……と、思う」

「聞きしに勝る、人情味の溢れた長屋でやすな。上方弁のけったい長屋ってのが、よく伝わりますわ」

朝吉の落ち着き先が決まり、安心したか常次の眉間から縦皺が消えた。

「ところで、父親の八兵衛ってのはどうした？」

「それが、まったく。朝吉に事情を聞いても、なんにも話してくれず……っていうより、気がついてからも一言も喋りませんので」

「うんともすんとも、言わんのかい？」

「へえ、ずっと押し黙ったままで。あの様子じゃ、完全に気持ちが塞いでますぜ」

「かわいそうに。おっ母さんの死が、相当な衝撃だったんだな」

「ええ。母親の話をしやしたら、目から涙をぽろぽろとこぼしましてね、かわいそうったらありゃしやせんでしたぜ」

狐目の、一見悪党そうな面がまえだが、心根に仏の情を併せ持っている。そんな、常次の表情を菊之助は見やっていた。

「常次さん、あんた普段は何してるい？」

「あっしですか……そんなに、威張れることはしちゃいやせんが」

「職をもたねえ、遊び人か。それだったらおれと同じだけど、どうやってめしを食ってる？」

　職もなく、毎日遊んでいてめしが食えるそんな生易しい世の中ではない。菊之助の場合は、周りの女たちが放っておかない。それと口八丁、手八丁でもって多少の金蔓はある。大家の高太郎などは、その一人である。

「ちょっと、こんなのがいやしてね」

　常次が小指を立てて、苦笑いを浮かべた。

「やっぱり、優男ってのは、女が放っちゃおかねえな」

　面は一端ではないが、情がそれを補っていると菊之助は思った。その情を頼りにしようと、菊之助は一案を思いついた。

　遊び人なら、鱈腹といってよいほど閑がある。

「だったら常次さん、なんで魚八があぁなったか解き明かしてみねえかい？　おれは、ずっとそれが気になっててな」

「ああ、あっしもそう思ってた。それに、朝吉のためにもそうしてやりてえ。だけど、どうやって？」

「どうにかして、父親の八兵衛を捜し出すんよ」

「どこに消えたんだか、さっぱりつかめませんぜ」

この数日、町人たちの手で八兵衛の居所を捜したという。しかし、足取りはまったくつかめず、行方が知れるものではなかった。

「だったら、おれのほうでなんとか捜してみるか」

朝吉のために、父親の八兵衛の居所をつき止めてあげたい。

頭の中で、菊之助は担ぎ商人の定五郎と灸屋の兆安に、この話をもちかけることにした。二人とも、世情に明るい男たちである。


翌日に、常次が朝吉を連れてくると言う。

その夜、菊之助は大家の高太郎と定五郎、そして兆安を近所の居酒屋に誘った。大家の高太郎を呼んだのは、朝吉の住まいを頼むのと、呑み屋の勘定を払ってもらうことにあった。

小上がりの座敷に、卓を挟んで四人が座る。酒を酌み交わしながら、菊之助は最初からの経緯を語った。

「……てなわけで、八兵衛ってのがどこに行ったか捜したいのだが。どうだろ、助てくれませんかね？」

向かいに座る定五郎と兆安に向けて頭を下げ、菊之助はすべてを語り終えた。二人とも酒豪で、酒を茶碗に注いで呷(あお)っている。グイと呑み干すも、すぐに返事はない。考えている様子だ。

やがて、口の周りを袖で拭い、頭を丸坊主にした兆安が重い口を開いた。

「八兵衛ってのを捜すのはいいけど、その前に朝吉から詳しい話を聞いたらどうなんで？」

「俺も、そう思うな。元鳥越町の人たちが捜しても、どこに行ったのか分からねえんだろ。おそらく近くにはいねえのだろうよ。とにかく、闇雲に動いてもしょうがねえだろうからな」

定五郎が、兆安に同調して言った。だが、菊之助には、気になることがあった。

「しかし、朝吉は心を閉ざしたまま、一言も喋らないってことで。どうやって、口を開かせるかだ」

思案に耽(ふけ)り、菊之助が杯(さかずき)を呷った。傾(かぶ)いた姿に茶碗酒は似合わないと、杯でちびちびとやっている。

「だったら、こうしたらどうでっしゃろ？」

そこに、高太郎が口を挟んだ。

「大家さんに、いい手があるかい？」

高太郎に向けて手を伸ばしながら、菊之助が訊いた。目の前に差し出された杯に、酒を注いで高太郎は言う。

「兆安さんの、鍼を使ったらどないでっしゃろ」

急所に鍼を打ち、陶酔させて隠された話を引き出す技である。だが、兆安は首を捻り、乗った風ではない。

「何かございますかいな？」

兆安の顔色をうかがうように、高太郎が訊いた。

「朝吉ってのは、まだ十二だっていうじゃねえか。子供に鍼を打つのは、どうもいただけねえ。子供の神経は細いんでな、ちょっと打ち間違えたらやばいことになる。そんな、危ねえ真似はしたくねえよ。それと、失敗することも大いにある。その手を使うのは、悪い奴らに対してだ」

「その手が利かないとなると……」

どうしようかと、菊之助は思案の酒を呷った。近所の人たちにも、口を閉ざすくらいだ。これは、一筋縄では行きそうもないと思ったところで、定五郎が口にする。

「ここは、かかあ連中に任せたらどうかな？　俺たちが雁首並べて相手になるより、女どものほうが遥かに馴染んでいるだろうからな。少しずつでも、心を開かせるにはそれしかねえだろ」

定五郎の言うことに一理あると、菊之助はうなずきを見せた。

「俺の鍼よりも、そのほうがいいだろ」

兆安の、賛同も得た。あとは、高太郎が部屋を貸すかどうかである。三人の顔が、一斉に高太郎に向いた。

「分かってまんがな、そんなに睨まんと。菊之助はんの隣が、空いてますさかいな」

「よし、これで決まった。それじゃ、じゃんじゃん酒を……」

「酒はよろしおますけど、その八兵衛さんを捜し出したらどうなさるんで？」

酒の注文を出そうとする菊之助に、高太郎が訊いた。

「そりゃとっ捕まえて、駄目なお父っつぁんですまなかったと、朝吉に向けて詫びを入れさせるのよ」

ちょっと酔いが回ったか、菊之助の口が軽くなった。

「それだけでっか？」

「それだけって、どういうことだ？」

「どうもこの八兵衛って人、何か変なことに巻き込まれてるんやないかと思いましてな」

絡みつくような菊之助の問いに、高太郎だけが冷静であった。それというのも、高太郎は下戸で酒を受けつけない。まともな思考ができるのは、ここでは高太郎だけとなった。

「なるほどな」

すべては、朝吉が何を語るかである。菊之助は、いく分酔いが冷める心持ちで高太郎の話を聞いた。

四

翌日、朝吉を迎え入れるため、長屋のかみさん連中は朝から慌しかった。

所帯持ち六人の女房たちと、独り身のおくまが交じり、朝から炊き出しやら饅頭を蒸かすやらしている。その中に、腹を大きくさせた大工政吉の女房が、長屋の子供たちと一緒に、饅頭に餡子を詰めていた。

高太郎に惚れて、頓堀屋に住み着いたお亀は、空き家の掃除をしている。寝床の蒲団も運び込み、朝吉を迎える準備は万端に調った。

正午を報せる鐘が鳴り四半刻も過ぎたころ、朝吉は常次に連れられてやってきた。

以前より一回り細くなったが、体は元気を取り戻している。だが、気持ちが病んでいるか、顔に精気がない。天秤を担いで浅蜊や蜆を売り回っていた子とは、まるで別人の様相であった。

「よく来たな」

「いらっしゃい……」

口々に、歓待の言葉でもって迎えるも、朝吉に笑顔一つない。何ごとかと、呆けた様相に、心の傷の深さが感じられる。けったい長屋に、天秤を担いで売りに来ていたことさえ忘れているようだ。

「おなかが空いているだろう、これをお食べ」

おときが、蒸かしたての饅頭を勧めるも、手を出さない。むしろ、怖いものでも見たように顔をそむけた。

「饅頭が、嫌いなのかい？」

訝しげな顔をして、おときが呟いた。

これだけ歓待したにもかかわらず、朝吉はなかなか心を開いてはくれない。

「……どうしたらいいんだろうねえ？」

かみさん連中から、呟きが漏れる。

そして、数日が経った。

朝昼晩の三食を賄い、洗い物もしてやっている。当の朝吉は、日がな一日外にも出ず、家の中でボーッとしている。

「たまには子供たちと、遊んだらどうだい？」

おときが話しかけても、ただ無表情な顔が向くだけである。声に出しての返事はまったくない。無理やり話を引き出すことはないと、長屋の住人は地道に待った。

朝吉の、声さえ聞けず五日の時が過ぎた。


朝に賄った食事は、すべて平らげている。

「食欲はあるみたいだな」

たまに菊之助はのぞいて、様子を見ている。朝吉の心を開かせるのは、かみさんたちの役目だと、男たちがしゃしゃり出ることはない。これは時がかかりそうだと、菊之助たちも気長に構えた。

その間も、担ぎ商人の定五郎は、反物を売り歩きながら魚河岸界隈まで出向き、八兵衛のことを聞きに廻った。だが、これといった情報は得られなかった。八兵衛に対して出る噂は、働き者のお人よしだと、みな誉める言葉ばかりである。

「それだけに、なんで魚八がああなっちまったのか、まったく分からねえ」

定五郎からの話を聞いて、菊之助はますます思案の淵に沈む。例のごとく、畳に寝転んでの独り言である。

「……そうか。大家さんが言ってたな」

そのときは酔っ払っていて聞き逃していたことが、菊之助の脳裏にふとよぎった。

『――八兵衛って人、何か変なことに巻き込まれてる……』

思い起こせば、楔となるような言葉である。

ある日を境に、八兵衛の様子がまったく変わった。魚河岸へ仕入れにも行かず、とうとう腐った魚まで売った。

「このへんに、何か事情がありそうだ」

朝吉が正気に戻れば、そのあたりの事情が聞けるだろうと、

「まだ、口は開かねえか」

菊之助が、自分に語りかけたときであった。

「朝吉ちゃん、あそぼ」

聞こえてきたのは、定五郎の娘で七歳になるお花の声であった。その声で、菊之助は立ち上がり外へと出た。

「おれも一緒に、遊んでもらおうか」と、隣の戸口を開けて声を飛ばした。

お花と朝吉が向かい合っている。裏の雨戸が開いているので、明るい日差しが部屋の中に差し込んで、二人の表情は三和土に立ってもよくうかがえた。

「定吉はどうした？」

お花には、十歳になる兄がいる。

「お兄ちゃんは、誰かとあそんでる」

お花は遊び相手を、朝吉に求めた。

「そうか。そしたら、おじちゃんも仲間に入れてくれるか？」

「いいよ」

何を言っても、朝吉は無表情である。

「何して遊ぶんだ？　おっ、福笑いか。こいつは面白そうだな」

話は、菊之助とお花のやり取りとなった。すでに畳には、お多福ののっぺらぼうの顔が広げられている。

「あたしの番から」

お花は言うと、手拭いで目隠しをした。お多福の、ばらばらになった面相に、菊之助は腹を抱えて笑っている。だが、朝吉はくすりともせず、お花の遊ぶ姿を見やっている。

「おや？」

菊之助が首を傾げたのは、朝吉の表情がいく分変化を見せたことだ。これまで無表情であったのが、いやなものでも見るように顔を顰(しか)めている。

「……つまらないのか？」

菊五郎が呟いたところで、朝吉の目から一粒の涙がこぼれ落ちた。「……おっかあ」と、呟く声を菊之助はたしかに聞き取った。

お多福の面を作り終えたお花は自分で手拭いを外し、きゃっきゃと笑っている。

「朝吉にいちゃんもやりな」

お花が、朝吉に手拭いを渡した。朝吉は、涙を隠すように、自分で目隠しをした。これまでには見られなかった、朝吉の仕草である。

「おにいちゃん、じょうず。見えるんじゃないの？」

お多福の整った顔に、お花が不服を言った。

「そんなことはないよ」

お花の問いに、朝吉が答えた。菊之助は、初めて朝吉の声を聞いた。これまでは、浅蜊と蜆の売り声しか聞いたことがなかった、朝吉の声である。

「なんで、そんなにじょうずなの？」

やり取りを、お花に任すことにした。

「おっかあとよく、福笑いで遊んでたんだ」

朝吉にとって、福笑いはいやなものではなかった。母親との思い出が、込み上げてきたのである。

堰を切ったように、朝吉の目から止め処なく涙がこぼれ落ちる。お花は驚いたように、朝吉を見やっている。

「……そういうことだったか」

朝吉は、ここで初めて母親の死を実感したのだろうと、菊之助はその涙の事情を感じていた。

そこに——。

「お饅頭が蒸けたから、持ってきたよ」

お花の母親であるおときが、おやつにと饅頭を五、六個皿に盛ってやってきた。

「おや、菊ちゃんも遊んでたのかい？」

「ああ。おときさん、朝吉が口を利いたぞ」

小声で話しかけた。

しかし、朝吉は饅頭を恐ろしげに顔を顰めて眺めている。

「そういえば、朝吉ちゃんがここに来たときも、饅頭には手を出さなかったねえ」

おときの言葉で、菊之助はもしやと思った。そして、それを朝吉に問う。

「朝吉は、あの日饅頭を食わなかったか？」

菊之助があの日というのは、朝吉が倒れた日のことである。

「うん」

首をうな垂れての、小さな返事であった。

「……そういうこったか」

菊之助は、得心の呟きを漏らした。

「お花ちゃん、饅頭を食おう」

菊之助は饅頭を手にすると、お花に一つ渡した。自分でも、一つ手に取り口に運ぶ。

「うまいな、お花ちゃん」

「うん。甘くて、おいしい」

むしゃむしゃと、わざと大きく咀嚼して饅頭が安心だということを知らせる。

「朝吉も、一つ食ってみな」

菊之助の勧めで、朝吉が恐る恐る饅頭に手をやった。そして、一口齧る。

「うめえ」

　と、一言発すると、たちまちのうちに一個平らげた。「もっと、お食べ」と、おときが勧める。腹が減っているか、ガツガツとたてつづけに三個食した。

「朝吉にいちゃんが、みんなくっちゃうよう」

　その食いっぷりに、お花が泣きべそをかいた。


　菊之助は、胸が絞めつけられる思いとなった。

「……そういうことだったかい」

　苦渋の呟きが漏れた。

「そういうことって？」

　呟きが、おときの耳に入った。

「おっかさんが、朝吉を道連れに心中を図ったんだ……と思う」

　朝吉の耳に届かないほどの声音で、菊之助は言った。

「えっ？」

　おときの、驚く顔が向く。あとで詳しく話すからと、菊之助は首を横に振った。そして、ここが訊きどころだと菊之助は、顔を朝吉に向けた。

「どうだ、饅頭はうまいか？」

「うん」

朝吉の、口の周りが餡子で真っ黒になっている。

「にいちゃんの顔、まっくろ」

それを見たお花が、泣きべそから笑い声になっている。朝吉の顔から笑いが漏れたのには、菊之助もおときも驚きで顔を見合わせた。

大人が束になってかかかっても、どうしても解けなかった朝吉の心を、七歳の女の子が見事に開いてみせた。

五

朝吉の母親は、苦難に耐えきれず心中を図ったと菊之助は踏んでいる。

あの日の朝、朝吉が行商に出ようとするのを母親が止めた。

「今朝は、蜆を売りに行かなくていいよとかなんとか言ったのだろうな」

菊之助が、そこは憶測で話す。朝吉に訊いても、そこまでは頑に口を閉じた。

いつもの居酒屋で、定五郎と兆安が酒を呑む手を休めて聞いている。大家の高太郎がそこにいるのは、財布代わりとしてである。二度三度、人生を繰り返すことができるほどの財産を引き継いでいる。それを知るがゆえに、菊之助も高太郎には遠慮がなかった。

「あたしも食べるから、朝吉もお食べ。なんて言って、一緒になって食ったんでしょうな。朝吉はそのとき、母親の覚悟を知ったのだろうな。朝吉が喋らないので、これはおれの憶測ですが」

菊之助は語っていくうちに、自分の声がくぐもっていくのを感じた。ぐっと一息酒で気持ちを紛らわせ、話をつづける。

「おっかさんが倒れたのを見て、朝吉も意識が遠のいていった……たぶん、そんなところでしょう」

現場の状況を見てきた、菊之助の憶測である。

「朝吉は毒の量が少なくて、助かったんだな。おそらく毒は、石見銀山だろう」

石見銀山は、鼠捕りによく使われる、猛毒である。口をへの字に曲げ、苦渋の顔をして兆安が言った。

兆安の手には、酒を注いだ湯呑は握られていない。その声も、くぐもって聞こえてくる。

朝吉が横たわるそばに、饅頭のかけらが落ちていたのを、菊之助は思い出していた。

「それでも、少なくも三日は意識を失っていた。おっかさんが倒れたと、告げに行かなかった、いや行けなかったのはそんな事情があったからで。あと半日見つけるのが遅れてたら、間違いなく朝吉の命もなかったと、医者が言っていた」

「さすが、菊ちゃんだ。よく、訪ねていったな」

「いや、これはおときさんやおよねさんたち、おかみさんたちの手柄ですよ。おれは背中を押されて、面倒臭いと思いながら元鳥越町に行っただけですぜ」

「それにしても、えらいこってましたなあ」

高太郎が、上方弁で口を挟んだ。

「そこで、父親の八兵衛のことなんだが……」

菊之助が、話の矛先を変えた。

「朝吉から、何か聞き出せたか？」

定五郎が、体を前のめりにさせて訊いた。

「おおよそのことは。でも、まだはっきりとしないことばかりで」

「そんでも、何か手がかりはつかめてんだろ？」

「だったら、それを追い詰めようじゃねえか」

兆安と定五郎が、乗り気になっている。母と子を、ここまで追い込んだ怒りが、もろに二人の表情に表れている。

朝吉から聞いた話を要約して、菊之助は語る。

八兵衛の様子がおかしくなったのは、一月（ひとつき）ほど前のことである。その日の夕方、八兵衛が行商から戻ると一人の男が訪ねてきた。

八兵衛は男と一緒に出かけ、そしてその夜、しこたま酔って帰ってきた。翌日の朝、起きることなく魚河岸への仕入れを休んだ。一日だけなら、体の調子が悪かったと思えるが、それが三日もつづくと穏やかでない。

売れ残った魚で、二日は店を開けられた。しかし、傷んだ魚で腹痛を起こしたと近所の人たちが押しかけてきた。八兵衛は、これまで見せたことのない怒りの表情で追い返すと、閉めたことのない店の雨戸を、中からしっかりと閂（かんぬき）をかけた。

それからというもの、親子三人は家の中で引きこもりとなった。それでは食べていけぬと、朝早くから朝吉が棒手振り行商に出る。八兵衛は、朝から家の中で呑んだくれた。

浅蜊と蜆は、三好町（みよしちょう）の魚屋から分けてもらっていたという。その稼ぎで、かろうじて食は凌げた。それから十日ほどして八兵衛は出ていき、そのまま戻ってはこなくなった。

母親は外には出られず、朝吉だけが頼りとなった。しかし、子供の稼ぎでは高が知れている。

「あとは、推(お)して知るべしってところで」

菊之助が、朝吉から聞いた話を置いた。その間、酒を呑むことなく定五郎と兆安は耳を傾けていた。下戸の高太郎は、茶の注がれた湯呑を握しめ、唇を嚙みしめた苦渋の表情であった。

「それだけだと、八兵衛の居どころを探るのは難しいなあ」

定五郎が、ポツリと口にする。

「事情はどうにか分かったが、それじゃ俺が想像してたことと変わりねえ」

兆安も、困惑した表情で言う。

「それでも、二つほど手がかりがあるやおまへんか」

高太郎が、湯呑を卓に置いて口にする。

「八兵衛を訪ねてきた男の顔とか、風体(ふうてい)を朝吉は覚えちゃいねんだろう？」

「そいつを訊いたけど、朝吉は知らぬ存ぜぬで、首を振るばかりでして」

兆安の問いに、菊之助がお手上げといった風に手を広げ、首を竦めた。

「朝吉は分からんでも、どこか近所で呑んできたんでっしゃろ」

なるほどと、酒で赤みを帯びた菊之助の顔が高太郎に向いた。

「そうか、さすが下戸の大家さんだ。いいところに気づく」

訪ねてきた男と一緒に行った呑み屋で聞けば、何か分かるかもしれない。

「酔った頭じゃ駄目だな」

少し酔いが廻っている。酔った頭を冷ますため、四人は居酒屋から出て、駒形町の船宿から屋根船に乗った。川風に当たれば頭が冴えると思ったからだ。

高太郎が酒代を弾み、箱崎の永代島と深川を渡す永代橋まで往復しようということになった。むろん、酒はない。

「もう一つの手がかりってのを聞いてないな。そいつは、なんだい？」

屋根船ののどかな揺れと、川面を伝わる夜風が心地よい。そんな思いを抱きながら、
菊之助が高太郎に訊いた。

「朝吉が、浅蜊と蜆を分けてもらってた魚屋ですがな」

「たしか、三好町って言ってたな」

三好町なら、浅草御蔵の脇にある町屋である。諏訪町とは黒船町を間に挟み四町

も離れていない。

「そこには魚好ってのがあるが、魚屋にしちゃけっこうな大店だ」

菊之助は、魚屋には縁がなかったが、行商で顔の広い定五郎ならそのへんは事情通だ。

「そこの主か誰かに聞けば、八兵衛のことがより知れるかも……」

「それにしても、魚好の旦那ってのはいい男だな。商売仇に、なかなか品物は譲れんだろ。しかも、朝吉はそれを魚好の近所で売り捌いていた。本来なら、文句の一つも出るだろうに、なかなかの人物だ」

菊五郎の話に、兆安が乗せた。

「旦那ってのは、いくつぐらいのお人で？」

「四十の半ばと、聞いたことがある」

兆安の問いに、定五郎が答えた。

屋根船は、両国橋を潜ったところである。夜の帳が下りたばかりで、まだ宵とはいえない。

「こうしちゃいられねえ。引き返しましょうぜ」

菊之助は、思うところがあって船頭に声をかける。

「船頭さん、船を戻しちゃくれませんか」

竪川（たてかわ）の吐き出しあたりで、船は旋回をする。そして、浅草御蔵の先にある三好町の桟橋で、四人は屋根船から降りた。

魚好の大戸は閉まっている。

魚屋は朝が早いので、寝入りに入るのも早い。大川の桟橋に、高瀬舟（たかせぶね）と呼ばれる荷船が一艘泊まっている。船の舳先に『魚好』と書かれてあるので、それで魚河岸に仕入れに行くものと見える。

「さすがにこれで行けば、魚を大量に仕入れることができるな」

定五郎の、商人らしい物言いであった。

四人は陸（おか）に上がり、魚好の前に立った。むろん、大戸は下りて潜戸（くぐりど）は閂がかかっていて開かない。路地に入って裏に回ると、母屋から明かりが漏れている。

「まだ、起きているな」

しかし、四人そろって訪れることではない。誰かが代表で行こうということになった。誰が都合がいいかと、四人が互いの顔を見合わせる。それと、夜間に訪れる口実を模索した。

「やはりここは、灸屋の兆安さんしかいませんね」

片時も離さずに持ち歩いている薬籠を目にして、菊之助が言った。

「そうかい、ならば……」

兆安が、懐から小さな按摩笛を取り出した。お呼びがかかるかもしれないと、母屋に向けて笛を吹いた。しばらく吹いていると、中から髷を横になびかせた男が出てきた。住み込みで働く、棒手振りの奉公人であった。

「うるせえから、あっちに行ってくれ。こちとらは、朝がはええんでな」

「そいつは、すいません。でしたら、旦那様にお目通りを」

「なんの用事だい？」

「手前は、鍼や灸で体の調子を整える兆安という者でして。先だって、旦那様をお見掛けしましたら、どこか体を病んでいそうなご様子で。鍼療治を施せば、お加減がよろしくなろうかと……余計なお世話と思いましたが、近くを通りましたので見過ごしてはおけずに」

「ちょっと待っててくれ。今、訊いてくる」

四十歳を半ばともなれば、必ず体のどこかにガタがきている。

「こういう言い方が、無難でしてね」

奉公人がいる間、三人は物陰に隠れていた。兆安は、三人に聞こえるように口にした。まもなくして、男が出てきた。

「旦那さんが、ちょうど肩がこってたところだと言ってた。一緒に来てくれ」

兆安は男の後ろに従った。

六

兆安が、うまいこと中に入ったのを見届け、三人は暗がりから姿を現した。

「酔いがすっかり冷めましたし、これから元鳥越に行きますかい？」

菊之助が、定五郎と高太郎にうかがいを立てた。

「八兵衛が行った居酒屋を探すのか？」

「まだ、宵の口ですから」

「その呑み屋って、菊之助はんは分かっておますので？」

「いや。常次って男を訪ねて、そこで訊いてみる。その男が、朝吉をけったい長屋に連れてきた」

遊び人の常次なら、近在の呑み屋は片っ端から知っているだろうと、菊之助は頼ることにした。

「呑み代が……」

懐に手をあて、定五郎が言った。

「そんなこと、心配することおまへん」

菊之助が、上方弁を交えて言った。

「勘定奉行が、ついてますからね」

「菊之助はんにあっちゃ、ほんとかないまへんな」

高太郎が、苦笑いながら言う。

「まあ、そんなことは、わてに任せておくれやっしゃ」

太っ腹の高太郎を、菊之助は内心では、意外と大人物だと敬っている。だが、若いからそれを口にするとのぼせ上がってしまう。なので、表向きはその反対の態度を示すことにしていた。

三好町から元鳥越町までは、十町と離れていない。

菊之助は、まずは居どころを聞いていた、常次のもとを訪ねた。髪結いの亭主を気取っている。遊び呆けていると思ったが、具合よく常次は家にいた。

外に呼び出し、菊之助は大まかに朝吉の様子を語った。

「へえ、口を利きましたかい。そいつは、よかった」

「それで、父親の八兵衛をあの日誰か訪ねてきて、どこかに呑みに……」

「だったら、あそこかもしれねえ」

思い当たる節があるか、常次が菊之助の話を途中で止めた。

「元鳥越には呑み屋は一軒しかねえんでな、もしかしたらそこかも」

と言って、常次が動き出す。そのうしろを、三人がついた。

赤提灯（あかちようちん）に灯（とも）が点り、軒下には暖簾（のれん）が垂れている。

「おや、兆次さん」

今風の居酒屋は、長床机（ながしようぎ）に座って呑むのではなく、足のついた卓を挟んで四人が腰掛けに座れるようになっている。英吉利（イギリス）の言葉で卓はテブル、腰掛けはチエアと言うのを、菊之助は思い出していた。

「あそこに品書きが、ずらって貼ってあるやろ。右から四番目までの料理を、四人前ずつ作ってや」

右から順に『おでん』『鯛（たい）の姿焼き』『平目（ひらめ）のお造り』『鮪（まぐろ）の酒盗』とある。下に書かれてある値段を見ずに、卓に座ると同時に高太郎が注文を出した。

「それと、一番上等の酒を持ってきてや」

　自分では酒を呑まぬも、高太郎が注文する酒はいつも極上のものである。「かしこまりました」と娘が、滅多に来ない上客に嬉しそうな声で返した。

「ところで、お咲ちゃん」

　注文を告げに行こうとする娘を呼び止めたのは、常次であった。

「なんでしょ、常次さん」

　店の中は酔客で混み合っている。そこで細かいことを訊くほど野暮ではない。

「店が落ち着いたら、ちょっと訊きたいことがあるんだけど」

「ええ、いいわよ」

　と言い残し、そそくさとお咲という娘は注文を告げるため、板場に入っていった。

「あの、お咲という娘に聞けば何か知れるかもしれやせん。ああ見えて気が利くし、それと客の注文を一度も間違えたことがないほど頭がいい。お咲だったら、何か憶えていると思いますぜ」

　常次を連れてきてよかったと、菊之助はほっと一息ついた。

　宵五ツの鐘が聞こえ、ようやく店の中は落ち着きを見せてきた。空いてる卓が目立つようになり、客もめっきりと減った。

出された料理を平らげ、四人は満腹となってお咲の手が空くのを待った。酔っては的を外すと、酒はたいして呑んではいない。上等な酒は、常次がもっぱら呑んでいた。

「こんな上等な酒や料理を呑み食いしたのは、久しぶりですぜ」

酔いの廻った声音で、常次が言った。そこに、お待ちどおさまですと言って、お咲が近づいてきた。

むろんお咲も、八兵衛のことは知っている。だが、果たして一月半（ひとつきはん）も前のことを覚えているだろうか。

そんな心配は、無用であった。

「ええ、それでしたら覚えてますわよ。あのときは確か、魚好の旦那様といっしょでした」

「えっ、魚好って三好町の……？」

「はい、そうです」

お咲の返事に、三人の顔が固まった。魚好のことは、常次には話していない。八兵衛のこととは、関わりがないと思ったからだ。その雲行きが、違ってきている。

「どうかしたので？」

手酌で酒を注ぐ、常次の手が止まった。

「お咲ちゃんは、そのとき八兵衛さんと旦那様が何を話してたか憶えてるかい？」

酔いが廻った常次の問いに答えることなく、菊之助がお咲に訊いた。

「いえ。お客様同士の話は、聞こえても聞かないことにしています。よほどのことがない限り……」

お咲が、注釈をつけた。

「その、よほどのことなんだ。お咲ちゃんも、魚八の悲惨は知ってるだろ？」

訊いたのは、常次であった。酒の酔いはどこかに行ったようで、意外としっかりとした口調であった。

「分かったわ。だけど、ここだけの話よ」

やはり、馴染み客からのほうが話は通じる。菊之助ではためらいを見せていたのが、常次の問いには素直になった。

「あの日、八兵衛さんが恰幅のいい男の人と一緒に来て。それが、魚好の旦那様と知ったのは、八兵衛さんの話にあったからです。魚好の旦那様と知って、あたしは驚いたくらいで。だって、あれだけ大店のご主人がこんなところに来るなんて、思っても……」

「お咲ちゃん、余計なことはいいから、二人が何を話してたか教えてくれねえかい」

常次が、お咲の話を遮って先を促した。

「何をって、耳をそばだてていたわけじゃないので……でも、ところどころに朝吉ちゃんの名が出ていたわ」

「朝吉が、どうしたって？」

問いは常次に任そうと、菊之助たち三人は黙ってやり取りを聞いている。

「よく聞こえなかったけど、引き取るとかなんとか」

お咲の話に、菊之助は思わずお咲の顔をじっと見やった。役者にも引けを取らぬ顔立ちに、お咲が恥じらいを見せる。

「それで、どうしたんだい？」

「そしたらしばらくして、急に八兵衛さんが大声で怒り出したの。『冗談じゃねえ、けえってくれ』って。普段は温厚な八兵衛さんが、あんなに怒ったの見たのは初めて。そしたら旦那様は『また来るから』と言って、先に帰っていった。八兵衛さんは、そのあと一人でかなり酒を呑んでたわ。あたしが心配して酒を止めたけど『うるせえ！』って怒鳴られ、その顔がもの凄く怖かった」

お咲からは、それ以上の話は聞けなかったが、大きな収穫を得たと菊之助には思えた。

それから間もなくして、居酒屋を出た。

「何か、役に立ちましたかい？」

「ええ、おかげさまで」

常次に礼を言い、居酒屋の前で別れた。

「あとは、兆安さんが何を聞き込んで来るかだな」

宵の五ツ半を過ぎたころだ。兆安は長屋に戻っているだろうと、三人は足を急がせた。


一方兆安は、うまいこと魚好の主に取り入り、鍼療治を施していた。

主の名は、四郎衛門という。

「ずいぶんとお疲れのようで。とくに、肝の臓がかなり傷んでいるとお見受けいたします」

四郎衛門をうつ伏せにさせ、首から背中そして腰に至る肝の臓に効く、ツボの経路に十数本の鍼を打った。

「お酒を控えめになされたほうが、よろしいかと……」

止めろと強くは初めての患者には言えないし、兆安の目的はそれではない。いつ、八兵衛のことを切り出そうかとその機をうかがっていた。

　こういう場合は、気を休ませるに限る。

「少し、お気鬱もおありのようで」

　兆安は、気持ちを安定させるツボに鍼を数本打った。

「ああ、気持ちいい。だいぶ楽になるな」

「何か、ご心痛な……いや、これは余計なことを聞きました」

「いや。半年ほど前に、一人息子を亡くしてな……」

　訊いてもいないことを、四郎衛門は話しはじめた。

「ほう、それはお気の毒さまで」

　治療を施しているとよく聞く愚痴だと、兆安は何気なしに聞いていた。

「跡取りをどうしようかと、それが悩みでな。なかなか、うまい具合にはいかないものだ」

「どなたかご養子に……これほどの大店でしたら、そういう話は引く手あまた……いや、これまた余計なことを」

　兆安は、世間話のつもりであった。

　ここまでは――。

　このあとに出る四郎衛門の言葉に、兆安は俄然気持ちを傾けることになる。

「いや。養子というより、わしにはほかに子がおってな……いかん、気持ちが良すぎてわしのほうが、余計なことを言ってしまった」

　慌てて打ち消す言葉が、兆安には聞き捨てならなかった。

　もしや、八兵衛と関わりがあるのかと脳裏をよぎったのは、兆安の勘どころであった。

「旦那様は、元鳥越町の魚八の倅さんに、ずいぶんとお目をかけられておられるそうですね？」

　兆安の問いに、四郎衛門の肩がピクリと動いた。

　ここが聞きどころと、さらに兆安が問う。

「ところで旦那様は、その魚八さんが今、どうなってるかご存じなので？」

「なんで、そんなことを訊く？」

「いえ、店の構えはだいぶ違いますが、同じ魚屋さんですので何かご存じではないかと思いまして。そこの主の八兵衛さんてお人がずっと行方知れずで、それがもとでかどうか、ご新造さんが心の臓の発作であっけなく逝ってしまったと聞いてます。お気の毒な話が、あったもんですねえ」

「…………」

兆安が話しかけても、四郎衛門は無言である。ただ、微妙に肩の震えが治まらないのを、兆安の敏感な指は感じ取っていた。

――これは何かある。

と思ったものの、兆安は気持ちを止めた。誰にでも他人には言えぬ事情というものを抱えている。それを、無理やり聞き出すほど兆安は野暮ではない。

「ところで、かなりお体の加減が悪いようで……」

「医者でもないのに、あんたには、他人の体の具合が分かるのか？」

驚く顔で、四郎衛門が振り向く。

「むしろそのへんにいるお医者様よりは、体のことには詳しいと思います」

「そうか」

呟くように漏らすと、四郎衛門の顔はうつ伏せとなった。そして、思い直したようにまた振り向く。

「忌憚のないところを言ってくれ。わしの体はあと、どのくらいもつ？」

「えっ？」

訊かれた意味に一瞬、兆安は顔を顰めた。しかし、分かったとしても口に出せることではない。兆安は、しらばっくれることにした。

「頼む、分かったら教えてくれ」

縋るような、四郎衛門の口調であった。

「ならば申しましょう。体の中のあちこちにできたしこりと、皮膚の変色からして……相当に病が進んでいるものと。ですが、やはりいつまで持つというのは口にはできません」

口にできないと言うのが、兆安の答であった。

「初めて会ったお方だが、あんたは信頼ができそうだ。わしの話を聞いてくれるか？」

「お気持ちがそれで癒されるのであれば、おうかがいいたします。ええ、聞いた話はもちろん誰にも言いません」

場合によっては、約束は反故するかもしれないと、兆安は心の中で詫びた。

急所に鍼を打たなくとも、四郎衛門は憂いを語った。

しばらくして兆安は、四郎衛門の体から鍼をすべて抜き取った。

「ああ、気持ちよかった。おかげで、すっきりとした」

体の疲れも取れ気持ちも癒されたか、四郎衛門の顔色ははっきりとよくなっていた。

「それはようございました」

「これから、ずっと来てくれんかな？」

四郎衛門は、兆安を専属の鍼灸師と認めた。

「喜んで、おうかがいさせていただきます」

そのとき宵五ツを報せる鐘の音が、浅草寺のほうから大川の流れに乗って聞こえてきた。

七

兆安のほうが、半刻ほど早く帰ってきていた。

菊之助の六畳間で、四人が車座となった。

「八兵衛さんが荒れたのは、どうやら魚好の旦那が関わっていたみてえだ」

定五郎の話に、兆安は顔を顰めて返事をする。

「その旦那から、俺は大変なことを聞いてきた」

「鍼を打ったので？」

「いや、危ないところには打たなかった。だが、世間話がどんどん的に入っていってな、俺に話を聞いてくれと言われた」

菊之助の問いに、兆安は、顔を小さく振って答えた。

「何を聞いたか、早く話しなよ」

「まあ、焦らねえで聞いてくれ、定五郎さん」

自分を落ち着かせるために、兆安は菊之助に煙草盆を求めた。紫の煙を燻らせ、兆安が語りはじめる。

菊之助と定五郎、そして高太郎の頭が、そろっていく分前のめりになった。そして、おもむろに語る兆安の最初の言葉で、そろって愕然とする。

「朝吉の、本当の父親は魚好の旦那、四郎衛門さんてことだ」

呆気に取られて、三人からすぐには言葉が出てこない。

「よくも、そんなことが聞き出せましたね。初めて会った人から……」

驚く表情で、菊之助が口を開いた。

「ずっとそれが気鬱になっていたようで、誰かに話を聞いてもらいたかったみたいだ。あの人の体は、もう長くはもたない。そこをついたら、自分でも分かっていた。そこで、気持ちを癒すツボに鍼を打ったら穏やかに話してくれた」

なるほどと、三人のうなずきがあって、兆安は先を語る。

「八兵衛さんの女房はお福といって、以前は魚好に住み込みの女中として働いていた。魚好にはそのころ……」

五歳になる、時松という子供がいた。跡取りに恵まれ、魚好は順風満帆といったところであった。

身代も大きくなり、時松もすくすくと育つ。

そんなある日、四郎衛門はあろうことか、女中のお福に手を出してしまった。不義の逢瀬をいく度か重ねるうちに、お福は身ごもってしまう。

八兵衛はそのころ魚河岸で、魚好の取引先である仲買の奉公人として働いていた。二十歳をいく分過ぎたあたりで、成りたての手代であった。四郎衛門は、八兵衛とお福の仲を取り持った。博奕の借金で首が廻らなくなっていた八兵衛に、身ごもっているお福を押し付けるのは好都合であった。借金を肩代わりして、さらに自分の店を持たせてあげるという四郎衛門の申し出を、八兵衛は呑んだ。そして、腹に子が宿るお福と所帯をもった。

婚姻から、十月十日を待たずに朝吉は生まれた。

四郎衛門は約束を違えず、八兵衛の後ろ盾となって元鳥越町に店を持たせた。

所詮は他人の子と、端のうちは朝吉に馴染めなかったが、育っていくうちに情が湧いてくる。しかも、いつまでたっても自分の子ができないこともあり、八兵衛は愛情を朝吉に注いだ。

愛情というのは、甘やかすことではない。一端の魚屋にさせるため、躾には厳しかった。商人には手習いが必要と、読み書き算盤はもとより、十歳のころから棒手振りとして、行商までさせるようになっていた。

八兵衛は、自らも遊び根性を改め、商売に打ち込むようになった。四郎衛門も、朝吉の成長を陰ながら見守っていた。

「それで何事もなく、十と数年が過ぎたってわけだ」

兆安は口を休め、ここで煙草を一服吹かした。

四郎衛門は、これほど詳しくは語っていない。

おおよそは、兆安が話を装飾して語っている。だが本筋は、はずれてはいない。その兆安が、つづきを語る。

「話がおかしくなったのは、半年ほど前のことだ」

倅の時松が、十七歳という若さでこの世を去った。大川で舟遊びをしていて、溺れたという不慮の事故であった。

時松は素直に、そして商人としては大器をうかがわせるほど、立派に育っていた。

しかし、それが仇となった。近くの舟で人が落ちたという声を聞きつけ、時松は大川に飛び込んだ。その日は嵐の後とあって、大川の流れは速かった。泳ぎの達者な時松でも、一町もある川幅の中ほどから岸に辿りつくことはできなかった。

跡継ぎを亡くした四郎衛門は、魚好の後継者に悩んでいた。本妻との子は、時松と、二歳上の姉の二人である。その娘も、今は他所に嫁ぎ、家に戻すわけにはいかない。

「四郎衛門さんは、かなり肝の臓が弱っててな、俺の診立てではあと一年もつかどうかってところだ」

肝の臓は、沈黙の臓器といわれ、よほど悪化しない限り自覚症状がないといわれる。

兆安は、四郎衛門の下腹に腹水が溜まっていたとも告げた。

「四郎衛門さんは焦って、打つ手を誤ったんだな。あろうことか、八兵衛さんに相談をかけた。朝吉を、魚好に戻してくれってな」

兆安の話は、ここで途切れた。

「そういうわけだったか」

菊之助が、言葉を挟んだからだ。

そのあとのことは、居酒屋のお咲の話と一致する。

「大体話が読めたな」

定五郎が、うなずきながら言った。

「八兵衛さんの気持ちも、よう分かりまんな」

「そうかい、大家さんはそう思うかい。だけど、おれはちょっと違うな」

「なんでです？　八兵衛さんの、荒れた気持ちがよう分かりまんがな」

「その、荒れた気持ちが、おれにはよく分からねえんだ」

高太郎と、反対の意見を菊之助は口にする。

「今さら朝吉を返してくれと言われたら、誰だって動揺はするだろ。だが、八兵衛さんは朝吉の本当の父親は、四郎衛門さんと知っていた。もし、それを知らなかったとしたら、荒れに荒れても仕方ない。だが、そのことを知っている。なので八兵衛さんなら、四郎衛門さんの気持ちも少しは察するはずだ。そして、店を放り出すことなくいい代案を模索するだろうさ。そこがちょっと、おれには解せねえんだよねえ」

と言って、菊之助は首を傾げた。そして、何を思ったか顔が正面に座る兆安を見据えた。

「まさか……」

「なんでい、人の面を見てまさかってのは？」

「ほかに誰か、四郎衛門さんに、跡取りの話を持ちかけてる人はいなかったですかね？」

「いや、そこまでは聞いてねえな」

「なんで菊ちゃんは、そんなことを訊く？」

「もしかしたら、ご新造は心中をはかったのではなく……」

「殺されたってのか？」

「ええ、そういうことも考えられるかと」

定五郎の問いに、菊之助は手を組んで小さくうなずいた。

「どうして、そう思った？」

「旦那さんの体が弱っているの知っていて、魚好の身代を乗っ取ろうとしている奴さ」

「そいつは、誰だい？」

定五郎が、顔をつき出して問うた。

「おれに分かるわけがないでしょ。だが、誰だか分からないけど、お福さんが死んだ日か、その前の日に毒入り饅頭の菓子折りを持って訪れた人がいたはずだ。お福さんよりも、朝吉の命を狙ったとすれば辻褄（つじつま）が合う」

菊之助の憶測は、殺しの事件に発展した。

「だったら、朝吉なら分かるかもしれねえ。誰が訪れたか、訊いてみるか」

定五郎の背中が伸び、立ち上がろうとする。

「朝吉、起きてますやろか？」

高太郎が問うたそのとき、夜四ツを報せる鐘の音が聞こえてきた。

「いや、起こすのはかわいそうだ。明日の朝にでも訊けばいいでしょうよ。この先を、ああだこうだ考えていてもしょうがねえんで、おれらもそろそろ寝るとしますかい？」

菊之助だけが残り、三人はそれぞれの塒へと戻っていった。

誰もいなくなったあと、菊之助は蒲団も敷かず、そのまま大の字になった。

「だが、誰かが来たとなると、腑に落ちないことがある」

お福と朝吉が倒れていた部屋に、饅頭が一つも残っていなかった。朝吉が食った饅頭の欠片は落ちてたが、菓子折りともなれば、饅頭二個ってことはないだろう。

「誰かが持ち帰ったか？」

しかし、中からはつっかえ棒がかかっていて、あとから人が入った形跡はない。それを考えていくうち、菊之助はまどろみの中へと沈んでいった。

翌日の朝、菊之助は隣の障子戸を開けた。

「朝吉、起きてるか？」

「はい。いま、朝めしを食べてるところです。今朝は、およねさんが作ってきてくれました」

「そいつはよかった。上がってもいいか？」

どうぞと返事があって、菊之助は雪駄を脱いだ。子供を刺激してはまずいと、真っ赤な襦袢は着ていない。菊之助には珍しく、晒の上に千本縞の男物の着流しである。

「朝吉に、訊きたいことがあるんだけど、いいか？」

「はい」

「朝吉が饅頭を食ったその日かその前の日に、誰か訪ねてこなかったか？」

「ええ、来ました」

「朝吉の知ってる人か？」

「いいえ、初めて見る女の人でした。でも、おっかあはよく知ってるみたいでした」

「女の人だと……何か言ってたか？」

「ごぶさたしてますとかなんとか。あとは、なにを話してるか分からなかった。その女の人、すぐに帰ったけどね」

「どんな様子の女の人だった？」

「きれいな着物を着た、そうだ、おくまおばさんくらいの齢のひと」

おくまといえば、四十を少し行ったところだ。

「饅頭は、その女の人が持ってきたのか？」

「はい。雷門前の松仙堂（しょうせんどう）の饅頭だといって。経木（きょうぎ）に五個入ってた」

五個と聞いて、菊之助の首が傾いだ。やはり、残りは誰かが持っていったものとみえる。

「おっかあとおいらは、一個ずつ食べた」

そのときのことを、思い出すことができるほど朝吉は回復していた。

「朝吉も、一個丸ごと食ったのか？」

だとすると、朝吉も死んでいるはずだ。それと、饅頭の欠片が残っていたこともおかしい。だが、その謎をすぐに朝吉は解いてくれる。

「とってもうまい饅頭だったけど、あと三個がどこにもない。おっかあは半分ほど食って、急に胸が苦しくなったんだ。おっかあの手に、まだ少し饅頭が残ってる。おいら、腹が減ってたこともあってその饅頭に……」

うまい饅頭を目の前にして、腹が減ってたとしたら手を出してもおかしくない。

「おっかさんの饅頭を食べたのか？」

「うん。だけど、一口かじって変な味がしたから食うのをやめた。そしたら胸を押さえておっかあが倒れ、おいらも気分が悪くなって倒れた」

それから三日の間、朝吉は生死の間をさ迷っていたのである。

——いったい誰が、残った饅頭を片づけたんだ？　それと、毒入り饅頭は一個だけだった……。

その謎が、菊之助には解けない。店側の雨戸は閉まりっきりで、裏の障子戸にはつっかえ棒がかかっていた。外からは、戸を壊さない限り侵入できないはずだ。

出生の秘密を、朝吉には言えない。だが、菊之助には訪ねてきた女が誰か、ある程度見当はついていた。

八

それから一刻半ほど経った昼前。元鳥越町の常次が、男を一人連れてやってきた。

「おっとう……」

朝吉の声で、それが誰か分かる。

「ほったらかしにして、すまなかったな」

おおよそ半月ぶりの、父子の対面であった。その間に、菊之助は入った。

「倅が世話になりやした」

「それはいいんだが、詳しい話を聞かせてはくれませんかね」

「ええ。あっしもいつまでも逃げ回っているわけにもいかねえんで、今朝方元鳥越町に戻ったら……ああ、なんてことになっちまった」

女房お福のことは、常次から聞いたという。そして、朝吉の居どころも。

この先は、朝吉には聞かせたくない話である。

「朝吉、おときさんところのお花坊と福笑いでもして遊んでやってくれねえか」

「うん、わかった」

菊之助の思いを、朝吉は読んだように従った。

「なぜに朝吉を避けたので？」

常次の問いであった。

「あまり、込み入った話を聞かせたくないんでね」

「すると、菊之助さんは知っているんで？」

「ええ。少し、調べさせてもらいました」

八兵衛の問いに、菊之助が小さくうなずいて答えた。

本筋を真正面からではなく、少し臭わせて語るも、八兵衛には通じた。

「誰も知らないと思ってたが、どうしてそのことを……？」

朝吉の出生の件（くだり）では、八兵衛は目を見開いて驚く表情となった。

「おれの語ったことに、間違いはございませんね？」

菊之助は、余計なことは語らず、要点だけを押した。

「ええ。間違いねえ」

「魚好の跡取りの話を持ちかけられ、それから荒れ出したってのは、本当は八兵衛さんの本心ではないんでしょ？」

菊之助の問いに、常次のほうが驚く表情をしている。八兵衛は、うな垂れたままである。そして、ゆっくりと頭を上げた。

「朝吉を返してくれと言われたときは、その場で殺してやりてえくれえ、頭にきた。大声を出して居酒屋から魚好の旦那を追い出すと、あっしは酒を呑んで考えた。朝吉のためにも、魚好に行ったほうがいいんじゃねえかと。だが……」

だが、はいどうぞと、大人しく朝吉を渡すわけにはいかない。八兵衛の意地でもあり、手塩にかけて育てた朝吉を手放したくない気持ちも強い。葛藤が、八兵衛を苦しめた。

「いっそのこと、店を潰しちまえば気持ちの整理がつくんじゃないかと思った。腐った魚を売れば、もう近所からは相手にされなくなる。それからというもの、店を閉めて酒をかっくらった。そうしているうちに、だんだんとお福に腹が立ってきてな。このままだと、殺しちまうかもしれないと自分が怖くなった。それで、俺は家を飛び出したんだ。気持ちの整理をつけて家に戻ったんだが、こんなことになってるとは、思ってもいなかった」

「やはり、そうだったんですかい」

菊之助は、自分の勘が正しかったと、小さくうなずきを見せた。

「それで、ご新造のお福さんのことなんですが。さっき、朝吉から聞いたのだけど……」

菊之助は、饅頭の土産も交え訪ねてきた女の一件を語った。

「その女の人ってのに、八兵衛さんは心当たりがないですかね？」

「だったらそれは、四郎衛門さんのお内儀さんしかいねえ。やはり知ってたんだ、お条さんは」

「そのお粂さんてお内儀は、朝吉が魚好の跡取りになるのを嫌がってたんですかね？」

常次の問いであった。

「そりゃ誰だって、不義密通を犯した旦那の子供なんか引き取りたくはねえだろうよ。それと、ほかに誰か跡取りになる子を決めていたんではないかと……」

言葉尻を濁して、菊之助は言った。まだ、確証があるわけではない。

「それで、朝吉をこれからどうしますんで？」

菊之助の問いが、八兵衛に向く。核心を突いた問いであった。答えるに、八兵衛にいく分の間ができた。

「せっかく旦那さんは、朝吉に目をかけてくれてるんだ。朝吉のためにも、魚好の跡継ぎにさせてやりてえ」

「店を潰したのも、そんな思いがあったからですね？」

「ああ、そういうこった」

苦渋に満ちた答えであったが、これぞ八兵衛の本心であった。

だが、お内儀のお粂がそれを許さないとなると、話はさらにこじれてくる。それがいやで、お粂は朝吉まで殺そうとしたのではないかと。

「……本当にそうだろうか？」

やはりここはお粂に会って、真相を知ろうと菊之助は気持ちを向けた。


その日の夕方、菊之助は独りで魚好に赴くことにした。

相手は内儀の、お粂である。都合よくお粂は、大の芝居好きと八兵衛から聞いた。

それも『白浪五人男』の、弁天小僧にぞっこんであると。それを聞いて菊之助は、念入りに化粧を施し、ぬけ弁天の菊之助に成りきった。

お粂にすんなりと会うには、この手に限ると。

髪を娘島田（むすめしまだ）に結い直し、菊の花をちりばめた振袖に身を包む。桃色の半襟を表に出せば、女形に一丁上がりである。

魚好の店先に立つと、菊之助は魚を捌いている職人に声をかけた。

「お内儀の、お粂さんはおりますかしら？」

菊之助の姿を見て、職人もそうだが、魚を買いに来ている客たちも驚いた顔をしている。

「おや、市村座の羽左衛門が来てるよ」

と言った声が聞こえて、菊之助はニコリと笑った。女客が、きゃあきゃあ言っている。

お条が直に店先に出てくると、菊之助は手を引かれるように部屋へと導かれた。

二人きりになれば、もう女から男に切り替わる。女の裏声に、咽喉がひりひりするのが、菊之助には堪らない。

「いきなり来てすまなかったねえ、ご新造さん」

「いいえ、いいのですよ。それにしても、本当の羽左衛門が来たみたい」

うっとりとした目で、菊之助を見やっている。

「きょう、ご新造さんをお訪ねしたのは……」

お条を喜ばせに来たのではない。

「ご新造さんは、元鳥越町の魚八の女房でお福という女をご存じで？」

菊之助は、さっそく本題に入った。

いきなりの話で、お条の顔からサッと血の気が引くのを菊之助はとらえた。

「知っているけど……ど、どうしてそれを……？」

声音も、明らかに震えが帯びている。かなり動揺している証だ。

「先だって、そのお福さんを訪ねていきなさったね？」

声を野太いものにして、菊之助はお条に迫った。

お条からの返事はない。それにかまわず、さらに突き詰める。

「朝吉というお子への土産にと、雷門前の松仙堂という菓子屋で饅頭を買っていきなさいましたよね」

「どっ、どうしてそこまで……？」

知っているのかとまでは、声が嗄れて出てこない。

一気に話を詰めようと、菊之助はぐっと声音を落とし、口調に怨嗟を込めた。

「その饅頭に、毒を入れなさったね？」

これで観念して、落ちるはずだ。じっと目を見据えるも、お条の表情は訝げだ。

「なんですって！　私が、どうしてそんなことを？」

お条の返しに、菊之助は肩透かしを食らったように首を傾げた。相手を殺そうとしたならば、そんな言葉は返らない。

「朝吉は、死んだので？」

逆に問われ、菊之助のほうが狼狽する。

「いえ、朝吉は……ということは、ご新造さんはご存じではないので？」

「お饅頭を持って、お福さんを訪ねたのは確かです。ですが、毒を盛ったなんてとんでもない言いがかりです」

　口から唾(つば)を飛ばし、声を高くしてお粂は訴える。その口調と仕草に、菊之助は得心のうなずきを見せた。

「朝吉はなんとか助かりましたが、お福さんは……」

　声には出さず、首を振って答えた。

「なんでなの、お福さん……？」

　お粂の表情がにわかに曇り、お粂は畳に手をついて嘆いた。

「本当に、そこまではご存じでないので？」

「ええ。何がどうあったか、お福さんを訪ねたあとのことはまったく知りません」

　お粂の話に嘘はないと、菊之助は踏んでいる。

「どうしてご新造さんは、お福さんを訪ねたんで？」

「そんなこと、他人様(ひとさま)にお話しすることではございません」

「いや、大事なことなんで。誰がどうこう言おうと、これは朝吉のためにもはっきりさせておかなくてはならないので」

　ここは畳み掛けるところだと、菊之助は声音に全霊込めて問う。

「朝吉が旦那四郎衛門さんのお子だと、ご新造さんはご存じなんですね？」

「どうして、それを？」

「八兵衛さんから、すべてを聞きました」

本当は兆安からだが、それをばらすわけにはいかない。

大まかの経緯を、菊之助は語った。

「左様ですか」

お粂が、観念したようにうな垂れる。しばしの沈黙のあと、首が上がった。

「旦那様とお福の間に、何があったかくらいのことはすぐに分かりました。そのときはもちろん、怒り狂って旦那様を責めました。しかし、お福に子が宿っていると知って、私はいく分冷静になれたのです。ええ、できた子に罪はございませんものね。その子のためにも、八兵衛さんとお福を一緒にさせ、育ててもらうことにしました」

お粂の口調は穏やかである。菊之助は、胡坐を正座に替えて話を聞き取る。

「ですが、私の子供が不慮の事故に遭い……」

その件は、菊之助も知っている。それでも黙って耳を傾けた。やがてお粂の話は、お福を訪ねた理由に差しかかる。

「しがらみを捨て、私は魚好の末のことを考えました。旦那様に黙って、お福さんを訪ねたのは、朝吉を跡取りにしたいと頼みに行ったのです。ええ、旦那様の血を引く男は朝吉だけですから。そしたら、お福さん……」

お条は袂から手布を取り出すと、目に滲む涙をふき取った。

「そしたらお福さん、畳に手をついて涙ながらに『お断りします』と」

「断ったので？」

それまで黙って話を聞いていた菊之助が、問いを挟んだ。この先の、お条の話で、お福の死の真相が分かると思ったからだ。

「はい。『朝吉は四郎衛門さんの子ではなく、八兵衛の子だ』と言い張って。私はお福さんの気持ちがよく分かり、その場は引き下がりました。日を改めてうかがおうとしていたのですが、まさかそんなことになっていたなんて……」

お条の言葉が止まったのは、隣部屋を仕切る襖が開いたからだ。

「あなた……」

「話は聞かせてもらったよ」

入ってきたのは、主の四郎衛門であった。役者もどきの菊之助の来訪を聞きつけ、一目見ようと四郎衛門は隣の部屋まで来た。そこで、菊之助の一声を聞き襖を開くのを止め、話に聞き入っていたという。

「全部、聞いてましたので？」

「ああ、最初からな。お条が、お福を訪ねていたなんて、初めて知った。そして、魚好のことを思っていてくれたってこともな。朝吉を跡取りにしたいと聞いたときは、わしも涙が出るほど嬉しかった」

それにしても、菊之助にはまだ腑に落ちないことがある。お福は、なぜに命を落とさなくてはならなかったのか。

「ならば、なぜにお福さんは……？」

菊之助の、最後の問いであった。

「朝吉のためを思って、お福は身を引いたのだろうな。そういう女だ、お福というのは。お条の申し出を断ったのは、お福の意地であろう」

だが、内心では朝吉を魚好にと。それを言葉には出せず、身を引くにはこれ以外にないと、お福は自ら饅頭に毒を含ませた。

「それしか、考えられん」

言い切る四郎衛門の言葉に、菊之助も同意できた。これで、朝吉の話と一致する。四郎衛門とお条から聞くことは、もう何もない。菊之助は、引き下がることにした。

毒はやはり、鼠捕りの毒薬石見銀山だった。

八兵衛の話では、魚屋には鼠が多くいるので、普段から石見銀山入りの毒饅頭を仕掛けていたという。猫を飼いたかったが、それだと商売物の魚を食べられてしまう。お福は、自分が食べる饅頭にだけ、石見銀山を練り込んでいたのである。その残りを、朝吉がつまんでしまった。

饅頭を捨てたのは、お条に嫌疑がかからぬようにとの配慮だと、菊之助は思うことにした。その心情について語れる本人は、もう黄泉（よみ）の人である。

真相ははっきりしたものの、菊之助の心は晴れていない。自分の命を落としてまで、身を引いたお福の心情を思うといたたまれなくなってくる。

その日の夜、いつもの居酒屋で、菊之助は定五郎と兆安、そして高太郎に真相を語った。

「お福さんのことを思うと、手放しでは喜べなくてな……」

菊之助が、自らの心情を語った。

「さすが、菊之助はんやなあ。女には、このくらい優しくせんとあきまへん」

言って高太郎は、グイと杯を呷った。

「おい、大家さん。酒は呑めないのでは……？」

「たまには、よろしいやおまへんか。勘定は、わてが払うんでっせ。大坂人は、こんな人情噺が好きでおますさかいな」

菊之助と高太郎のやり取りに、定五郎と兆安は手酌でちびちびとやっている。この日は、茶碗酒という心境ではないのであろう。

翌日の朝、八兵衛と朝吉はけったい長屋から出ていった。

三好町の魚好から、二人を迎えに使いが来たからだ。

「また明日から、朝吉ちゃんが天秤を担いで浅蜊と蜆を売りに来るかもしれないねえ」

井戸端から、かみさん連中の話し声が聞こえてくるのを、菊之助は寝転びながら聞いていた。

第四話　泣き落とし

一

担ぎ呉服屋の定五郎が、本所小梅町の旗本屋敷に反物を卸し、その帰路のこと。

夜の帳がすっかりと下り、足元を照らすのはぶら提灯と朧に霞んだ上弦月の明かりである。

葛籠から反物がなくなり荷が軽く、その上に代金の五両が懐に納められているので、定五郎の足取りは軽快である。早く家に帰って冷酒を呷り、一息つきたいものだと足を急がせた。

宵五ツを報せる鐘が鳴り、いく分過ぎたころである。この刻だと、吾妻橋を渡る人影はぱったりと途絶え、橋上に提灯の明かりは定五郎のほかにはない。

「おや……？」

八十四間もの橋長がある中ほどまで来たところで、定五郎の急ぐ足がぱたりと止まった。

欄干に体を預け、川面を見つめている男の姿が目に入った。

「あんなとこで、何をしてるんだ？」

定五郎が独りごちたのは、黙ってそのうしろを通り過ぎることができない、不穏な気配を感じたからだ。

はっきりと目が届くところまで近づき、定五郎は男の動きを探った。すると男は、履いている雪駄を脱いだ。そして、川面に向けて手を合わせている。

その尋常でない様子に、定五郎は黙っていられる性分ではない。

定五郎が見ていると知ってか知らずか、男は欄干の手すりに体を浮かせ、今にも飛び込まんとしている。

「こいつは、いけねえ」

定五郎は早足で近づくと、男の腕をつかんだ。

「早まったことをしちゃいけないよ」

男は、四十代そこそこに見える、小商人風の男であった。

着ている物は桟留縞（さんとめじま）の、安手（やすで）の小袖である。それも、かなり着古したようで、縞の模様がしらっ茶くぼやけ、くたびれて見える。

つかんだ腕は、女の腕のように細い。

「どなたか知らんが、止めてくださいますな」

定五郎の手を振り解こうと、男は大きく腕を回した。しかし、定五郎の手は、しっかりと握られている。

「そういうわけにはいかねえ。黙って人が死ぬところを見ちゃ、これから、まともにお天道様を拝めなくなる。それと、黙ってられねえ性分なんでね」

男は、大川に飛び込むのをあきらめたか、とりあえずは足を地におろした。だが、ここで安心するのはまだ早い。自分が立ち去ったあとに、また欄干を飛び越えようとするかもしれない。

定五郎は、しばらく男に付き合うことにした。

「今も言ったように、黙っちゃいられねえ性分だ。言いづらいことだろうが、何がそんなにまでさせるのか、話してくれねえかい？　場合によっちゃ、およばずながら力になれることだってあるぜ」

まったくの、見も知らずの男である。

「…………」

男は、呆然とした様子で口を噤む。やせ細ったその顔には、貧乏神と死神が一緒に取り憑いているようにも見える。

こういうときは、何を訊いたらよいのだろうと、定五郎は言葉を探した。

ただ黙っていても、夜が更けていくだけだ。

「差し出がましいことを訊きますけど、そのご様子じゃ、相当に生活に困ってのことですかい？」

十歳以上も年上に見える男に、定五郎は言葉遣いを改めた。

「とにかくここにいてはなんです。橋の下におりませんかい？」

顔も貧相だけど、体も骨と皮になって痩せ衰えている。体に、病でも持っていそうだ。

こういう場合は、貧乏か病に悲観して、自分自身を追い詰めることが多いと聞いている。そのどちらかだろうと、定五郎は思った。

「腹も、減っているご様子だし……」

花川戸に行けば、まだ居酒屋くらいは開いている。そこで、ゆっくりと話を聞こうと、定五郎は男を誘った。

男は、一度脱いだ雪駄を履きなおしている。そして男は、初めて定五郎にまともに顔を向けた。

「めしでも、食いますかい？」

「………」

男は、無言で小さく頭を下げた。

花川戸の辻に近い、赤提灯が軒にぶら下がった居酒屋に二人は入った。

五十半ばの親爺と三十前の行かず後家の年増娘が、二人で切り盛りしている店である。

「いらっしゃい。おや定さん、こんな遅くなってくるなんて珍しい」

定さんと、親しみ込めて呼ばれるところは、かなりの常連客とみえる。

「もうそろそろ、店を閉めようと思っていたところなの」

「すまないな、少しばかりだがいいかい？」

「ええ。少しくらいなら……でも、気が利いた料理はもうできないかも」

「いや、いいんだ。ちょっとの冷酒と、腹が膨れるものがあったらありがたい」

馴染みの店なので、多少のわがままは通る。客も少なくなって、奥の小上がりの板間が空いている。

「お澄ちゃん、あそこに行ってもいいかい？」

定五郎は、奥を指差して言った。

男にしてみれば、あまり他人には聞かせたくない話になるだろう。定五郎の、気遣いであった。

大木を輪切りにした一枚板で拵えた、小洒落た卓に定五郎と男は向かい合って座った。

先に冷酒が運ばれてきて、湯呑に酒を注いだ。小鉢のつき出しは、七味の効いた金平牛蒡である。

「まだ、お名を聞いてなかったですね。手前は、定五郎と申します。しがない、担ぎ商人ですわ」

傍らに置いた葛籠に、目を向けながら言った。

「手前は、矢ノ吉といいます」

定五郎にとって、矢ノ吉の言葉を聞くのは、二度目であった。一度は腕をつかんでとめたときだが、その後は、吾妻橋の上からずっと無言であった。

痩せた顔でも、生気が戻っていると感じた定五郎は、もう事情を問うことはなかろうと思った。

「めしでも食って、腹が満たされたら塒に戻って、落ち着いたらよろしいでしょう」

自分も夕飯を済ませ、そのままけったい長屋に帰ろうと考えていた。

そこに、湯漬けが運ばれてきた。塩じゃけを焼いた切り身が添えられ、その塩気で矢ノ吉はむしゃぶり食べた。よほど、腹を空かせていたものと見える。

「定五郎さんとやら、聞いてもらえますかね？」

腹が満たされたか、矢ノ吉のほうから話しかけてきた。

居酒屋の閉店が気になり、お澄のほうに目を向けると、小さくうなずきが返った。込み入った話があるような客には、近づいていかない気の利いた娘である。気が強いところがあるので、下手な男は手を出そうともしない。それが、お澄の婚期を遅らせていた。

青白かった顔に赤みが差して、定五郎も安堵する。

「手前は一月ほど前まで……」

そこに、矢ノ吉がおもむろに語りはじめた。

「芝の宇田川町で、小物雑貨屋を商ってたんです。奉公人も五人ほどいて、商いは順調だったのですが……」

矢ノ吉は、ここで悔しそうな素振りをして一呼吸おいた。

「一月半ほど前のある日、突然五人の食い詰め浪人たちが徒党を組んで現れ、店を滅茶滅茶に壊していったのです」

「なんで、浪人たちは店を壊したので？」

「なんですか、買った物で手を怪我したとかなんとか。これは、いちゃもん以外の何ものでもない。落とし前として十両よこせと言うので断ると、後はいきなり……」

「店を、滅茶滅茶に壊したってわけですかい？」

「ええ、そのとおりで……」

「それにしても、芝の宇田川町といったら、ここからはかなり遠いですね。たしか、芝の増上寺の近くだと」

「店を壊されたのはいいのですが、そのとき居合わせたお客さんがとばっちりを受け、怪我を負ってしまった。その怪我が重く、五日後に亡くなってしまった。そうなると、簡単には治まりがつかない。亡くなったお方の身内にやくざがおりまして、これがまたえらい剣幕で……」

賠償金の取立てが容赦なく、泣く泣く店と母屋を売って工面したという。奉公人たちからも責められ、矢ノ吉は芝宇田川町を一文も持たずに飛び出してきた。

これほど饒舌だったとは、と思いながら定五郎は話を聞いている。

「知人を訪ね、いくらか銭を貸してもらって糊口を凌いできました。だが、それもすぐに使い果たし、この十日ばかり満足なものを口にしておりません。橋の下で雨風を避け避けたどり着いたのが、江戸の端。この先行くあてもなく……ああ、死んでしまいたい」

言うと矢ノ吉は、すっくと立ち上がった。

「どこ行くので？」

「あっちの世に行けたら、どんなに楽か……もう、止めてくださいますな」

「しょうがねえな」

言って定五郎は、懐から財布を取り出すと、入っていた五両の金を握った。

「これだけあれば、やり直せるはずだ。身なりを変えて、埒も落ち着けば働くこともできるでしょうよ」

矢ノ吉の目の前に、集金してきた五両を置いた。それに矢ノ吉は驚いた目を向けている。

「もし、寝るところがなかったら、俺が住んでる長屋に来たらいい。一部屋空いてるはずだ」

「すまない。これまで四十数年生きてきて、これほど他人様から親切にされたことなど一度もなかった。この金は、絶対にお返しします。おかげさまで、これで生きる励みが湧いてきました」

五両をつかみ、矢ノ吉は観音様にでも拝むように定五郎に向けて手をこすり合わせた。

二

よいことをしたと、定五郎は気持ちを浮かせてけったい長屋へと戻った。

「遅かったねえ、あんた」

女房のおときが、ニコニコとした顔で出迎える。息子の定吉と娘のお花は、六畳間の端っこで、深い眠りに入っている。

「ごはんは?」

「済ませてきた」

「そうかい。せっかくご馳走を作って待っていたのに」

おときが機嫌がよいのには、理由があった。

「それで、お金はちゃんと貰ってきたのかい？」

「ああ……」

と言って、定五郎の言葉は途絶えた。矢ノ吉と話していたときは、おときの気持ちなどどこかに行っていた。そのふっくらとした顔を前にして、定五郎は浮かれた気持ちがにわかに萎むのを感じた。

「ああって、何さ？　ずいぶんと、歯切れが悪いね」

顔色の変わった定五郎に、おときの表情がこわばりを見せた。

「まさか、あんた……落としてきたんじゃないでしょうね？」

「ああ、その……」

「なんだい、煮え切らない男だね。ああ、そのとかって……いったい、何があったというのさ！」

定五郎への問い詰めは、怒号である。その声の大きさに、子供たちが目を覚ました。

「おっかあ……」

「おまえたちは、いいから寝てな」

いつにない、おときの鬼の形相である。その表情に怯え、子供たちは夜具の掻巻をかけて丸くなった。

「おい、子供たちが怖がってるじゃねえか。それに夜中だ、長屋の人たちに……」

「迷惑だってでもいうのかい。迷惑なのは、あたしのほうだがね。それで、お金はいったいどうしたんだい？」

おときの剣幕に、定五郎は身を小さくさせながら懐から財布を取り出した。そして口を開けると、下に向けて振った。すると、一朱金と文銭が数個、畳の上に落ちた。

「なんだい、この銭？　五両にはほど遠いね」

愕然と、おときの肩が音を鳴らして落ちた。そして今度は、洟を啜っての涙声となる。

「買値二両、売値五両と聞いて久しぶりの大儲けだとあたしは喜んでいたのにさ。そうだ、その買値の二両ってのも買い掛けじゃなかったのかい」

「あっ」

大事なことに気づいたか、定五郎の顔も硬直した。

晦日の支払いに、回さなくてはならない金でもあった。その支払日は、五日後に迫っている。矢ノ吉からは、それまでに返してもらえるはずもない。

「どうすんのさ支払い、あと五日しかないんだよ」

「待ってもらうしかねえな」

「また越前屋さんに謝るのかい。前も言われたよ番頭さんに。『待った待ったたって、下手な相撲じゃない』って。謝る役目は、いつもあたしなんだよ。やだよ、もうあんな嫌味言われんのはさ。それと、こんど待ったと言ったら、もう反物は卸さないって、釘を刺されてるんだよ。さあ、この先いったいどうするってのさ？」

　おときが、まくし立てた。それを、定五郎は大きな体を半分にして聞いている。

「なんとかするよ」

　返せる言葉は、せいぜいこのくらいである。定五郎にしても、どう整理をつけようかと、すぐには思い浮かぶものではなかった。

「……女かい？」

　おときの形相が険しくなった。捻った口から呟きが漏れた。

「今、なんて言った？」

　呟きが聞き取れず、定五郎が問うた。

「女にでも、貢いだのかいって言ったのさ」

「なんだと。そんなもん、いねえさ」

「嘘を言い。この間もおくまさんから聞いたよ、あんたの亭主は女にもてるから、気をつけたほうがいいよって。甲斐性がないってのに、よく女を囲ってられるね。どこのどいつだい、その女？」

「女じゃねえと、言ってるだろ」

「分かった。そしたら、隠し子だろ」

「馬鹿やろう、子供たちが聞いてるんだぞ」

夜具の掻巻をすっぽりと被り、子供たちが夫婦喧嘩に震えている。

「しょうがねえな……」

定五郎は、経緯を語ることにした。

「吾妻橋の上でな……」

矢ノ吉の一件を、余すことなく語った。

「それで、見ず知らずの男に五両渡したってのかい？　しかも、酒とめしまで付けて。呆れ返るほどのお人よしだね、お前さんて人は」

呆気に取られ、語り終えてもおときの口は閉じないでいる。

「絶対に返すと言っていた」

「どこまで馬鹿なんだか……そんなの、絶対に返すわけがないじゃない。このけったい長屋に住めと勧めたけど、乗ってこなかったんでしょ。死のうとしていたほどの男なら、黙ってついてくるのが当たり前だと思わないのかい。行くところがあるからって、それをおかしいと思わないのが、あんたの一つ足りないところなんだよ」

「というと、俺は騙されたってのか？」

「そうは言ってないけどね、話を聞いてておかしなところもあるし……」

「おかしなところって、どんなところだ？」

「その、矢ノ吉って男に家族はいないのかい？　四十の半ばで店を商ってたら、おかみさんはいるだろうに。たとえ死に別れたとしても、子供がいれば相当の齢だろうさ」

「そういえば、家族のことは言ってなかったな」

腕を組み、定五郎は考える素振りとなった。

「それに、芝からここまで来るのに、大きな川をいくつも渡るだろうに。日本橋川とか、神田川とか。飛び込むところは、いくつだってあるさ」

「そういえば、そうだな」

「世の中に悲観してとなれば、後先見ずに、どこにでも飛び込んじまうんじゃないかい？」

おときの言うことは、一理あると定五郎は思った。

「まあ、済んじまったことはどうにもならないからね。これから先のことを、考えないと」

おときの気持ちも落ち着いてきたか、語調も普段のものへと戻った。

「俺が、絶対になんとかする」

「なんとかって、どうするのさ？」

「矢ノ吉を見つけて、五両返してもらう」

「返してもらうったって、どこにいるのか分からないんだろ？」

「塒は、橋の下だって言ってたからな」

「江戸中の川に、橋がどのくらい架かってるか知ってるんかい？」

おときが、あきらめ口調で言った。

「それよりも、支払いをどうやって工面したらいいのか、そっちを考えたほうが早いのじゃないかい？」

「それもそうだな」

口にはしたものの、定五郎の気持ちはあきらめには向かっていない。女房に詰られた悔しさもあるが、自分の迂闊さを恥じる思いもあった。

「おっかあ……」

定吉が、心配そうな顔を搔巻から出した。

「もう喧嘩は済んだから、安心してお休み」

いつもの、優しい母親に戻り安心したのか、すぐに子供たちの寝息が聞こえてきた。

「……それにしても、本当にお人よしなんだねえ」

おときの、小さな呟きであった。

「何か言ったか？」

「いいえ。さあ、もう寝ましょ」

滑稽なほどお人よしが住む、けったい長屋の夜は深深と更けていく。

翌朝、いつものように五、六人のかみさん連中が井戸端で朝餉の用意に余念がない。

そこに、菊之助が顔を洗いに来た。

いつもの朝と、変わらぬ光景である。

女物の派手な襦袢の肩には、歌舞伎役者から貰った手ぬぐいが引っかかっている。

「おはよう、みなさん……」

「菊ちゃん、おはよう。朝から様子がいいねえ……」

いつもはおときが代表して挨拶するのだが、この朝菊之助に話しかけたのは、一番年が嵩んだおくまであった。夫とは三年ほど前に離縁して、けったい長屋に住みついている。子供はいない、天涯孤独な女であった。その過去を、ほじくり出そうとする者は、この長屋にはいない。

菊之助がおときに目を向けると、いく分沈みがちの表情である。

「おときさん、なんだか元気なさそうだけど、何かあったのかい？」

「いや、なんでもないさ」

牛蒡の皮を包丁でそぎ落としながら、おときの返事であった。

「夕べ夜遅く、前を通ったら……」

そこで、菊之助の言葉が止まった。周りにかみさん連中の耳がある。聞かせたくない話だってあるだろうと、菊之助はここでは問うのを遠慮した。

「そういえば……」

そこに、隣に住むお松という、夫が占い師をしている女が声をかけてきた。

「おときさん、夕べ大きな声を出してなかったかい？　ここの長屋の壁は厚いんで、何を言ってるのか聞き取れなかったけど、あれは怒鳴り声だったね」

「あれは、定吉が寝小便したから叱ったのさ」

定五郎との悶着を、定吉のせいにした。定吉も、とんだとばっちりである。

「そうだったのかい」

かみさん連中には、それで治まった。だが、菊之助の首はかしいでいる。

「菊之助さん、井戸が空きましたよ」

一月ほど前に、玉のような男の子を産んだばかりの、大工政吉の女房お玉が菊之助に声をかけた。

「ありがとよ、お玉ちゃん。寅坊は元気か？」

「ええ、おかげさまですくすくと……おっぱいばかり欲しがる、助平な子です」

「助平な子ってことはないがね」

そのやり取りに、井戸端は笑いに包まれた。だが、おときの表情は変わっていない。

――定吉の寝小便ではなさそうだな。

気にだけ留めて、菊之助は井戸端から離れた。

その数刻後、菊之助は長屋の路地で遊んでいる定吉に声をかけた。

「定吉、飴を上げるからちょっとおじさんのところに来な」

「わかった。今行くよ」

菊之助が家に戻ると、すぐに定吉がやってきた。

「定吉は、きのう寝小便をしなかったか？」

「しないよ。なにをきくんだい、おじさんは？」

十歳ともなると、言葉がませてくる。顔面を真っ赤にして、怒り口調で言った。

「だったらゆうべ、おっとうとおっかあが喧嘩してなかったか？」

「ああ、してたよ」

「そうか……」

なんと言ってたかまでは、子供に訊くことではない。定吉との話はそれまでであった。このために、駄菓子屋で買っておいた鼈甲（べっこう）飴を四本定吉に渡した。

「みんなして、食べな」

「ありがと」

四本の飴の棒をつかみ、定吉は出ていった。

三

その夜定五郎は、吾妻橋の中ほどまで来た。

矢ノ吉がいるかと思ったが、それは徒労であった。

「来ているはずはねえよな」

独りごちると、定五郎はその場をあとにして花川戸の辻まで戻る。きのうの居酒屋に入ろうと思ったが、懐が寂しい。余計な銭は使えないと、家に戻ろうと馬道を左に折れた。

「定五郎さんじゃねえかい？」

すると、背後から呼び止めたのは、隣に住む占い師の元斎であった。

浅草広小路の、伝法院から出たところの大道で店を出している。手相、人相、易学で八卦見をする占い師である。占いの信憑性には首を捻るものがあるが、それでもそれなりの稼ぎがあるとみえて、羽振りはよさそうだ。

儒者髷に利休帽を被せ、たっつけ袴に十徳を羽織り、偉そうに生やした口髭はいかにも怪しい占い師といった風貌である。齢は四十歳前後、痩せ型で見た目よりは老けて見える。胡散臭さはこの上ないが、それでもよく当たるという評判は、定五郎も聞いたことがある。

「おや、元斎さん。ずいぶんと遅くまで仕事をしてるんですね」

「ああ、きょうはなんだか人が集ってね、遅くなってしまった。おや……？」

定五郎の顔を見て、元斎が小さく首を傾げた。

「相に険が出てるな。何か、困ったことでも……もしよかったら、そこの居酒屋でたまには一杯やっていかんか？」

「俺の顔に何か？」

懐に、持ち合わせがないとは言えない。それに、見てもらうと見料を払わなくてはならなくなる。そんな余裕が、今の定五郎にはなかった。

「きょうは儲かったのでな、勘定のことなら心配せんでよろしい。いつも、うちのお松が世話になっておるからな」

定五郎の気持ちを知ってか知らずか、元斎のほうからの誘いであった。

「さあさ、遠慮なんどせんと……」

元斎が、定五郎の背中を押した。

縄暖簾を分け、油障子の引き戸を開けた。

「あら、いらっしゃい。おや、定さんと元斎さんが一緒なんて珍しい」

行かず後家のお澄が、上機嫌の顔で迎え入れた。

定五郎はこの店をけっこう利用するが、元斎は一月に一度ほどである。なので、一緒になることは滅多にないが、お澄は二人が近所の知り合いであることは知っている。

きのうも来たとは、お澄は口にしない。客のことに関しては、口の固いのを信条としている。なので、客も安心して呑めると、評判のよい店だ。

「奥の板間でいいかい？」

元斎が、お澄に問うた。奢るほうが、こういうときは仕切る。

「ええ、もちろんよろしいですわよ」

きのう、矢ノ吉と座った小上がりである。定五郎は、黙って雪駄を脱いだ。

「定五郎さん、あんたきのうここで呑んでなかったかな？」

座って向かい合うなり、元斎がいきなり訊いてきた。

「どうして、それを？」

「いや。どうも、そんなような卦が見えてな」

もしこれが元斎の見立てだとすれば、かなりの眼力である。

「それも、二人で入ったと相に出ている」

そこに、お澄が注文を取りに近づいてきた。

「お澄ちゃん、元斎さんの占いは恐ろしいほど当たるぞ」

「えっ、どうして？」

「きのう俺が来たことを、ズバリと当てた。それも、二人して……俺もお澄ちゃんも、一言もそんなことは言ってないよな」

「ええ。あたしも……」

不思議な顔をして、お澄の眉間に一本縦皺ができた。

「お澄ちゃんの相にも、そんなことが出てたんでな」

「まあ、怖い。元斎さんは、他人の心を読み取れるんですね」

「いや。心まで読み取ってはおらんよ。ただ、その人の相でもって卦が分かるってだけだ」

「それだけだって、恐ろしいですよ」

定五郎が、元斎を見直すように言った。

隣同士でいても、これまで占いを立ててもらったことは一度もない。

注文を取ってお澄が離れると、元斎は卓に腕を載せ前かがみとなった。

「つかぬことを訊くが、定五郎さんの憂いはこんなところから来ているのではないかな？」

元斎が、下世話にも指を丸めて見せた。金を意味する仕草である。

「月末の支払いに、困っていると見えるな」

「そこまで見通せるので？」

「わが千明学高西易の、力を侮ってはいかんよ」

高西易とは、聞いたことのない易である。もっとも、定五郎は普段も易、占いには興味がない男である。

「どうやら、きのう一緒に来た男が、金に関わりがあるようだな」

さらに前かがみとなって、定五郎の顔に近づいた。

「やはりの」

と一言吐いて、顔を離す。

「ちょっと、手を拝見するかな。両手を広げて、見せてくれんか」

言われたとおり、定五郎は手を広げて卓の上に差し出した。

「ふうむ」

と唸って、元斎が考えている。

「かなり金には苦労しそうな手相だが、何も案ずることはない。持ち前の人のよさが災いをもたらすものの、それがむしろ助けになることもある」

今の定五郎にとっては、良い相なのか悪い相なのか。

――悪い相なのは、間違いないな。

悪い相と判断したほうがよかろうと、定五郎は思った。

「それでいったい、何があった？」

元斎が、核心を問うてきた。

「いや、たいしたことではないんで」

「その顔は、たいしたことではないと言えんだろ。話してもらえば、およばずながら力になることだってできる」

たった二両、されど二両のことで悩んでいるとはどうしても口に出せない。恥を晒すようだと、定五郎は言葉をつぐんだ。

「ならば、小生のほうから当てて進ぜよう。額のところに二枚の小判が浮かんでいる。その二枚の小判に、どうやら悩まされているようだな」

定五郎の頭に描いていた金額を、元斎はピタリと当てた。そして、さらに卦を見る。

「その二両というのは支払いに当てる金。二両も足りないというのは、悩ましいものだ。金というのは、なければ我慢をすれば済むが、足りないというのは身が斬られるほど辛いものだ。その工面で苦労しているものと見受けられる。それが、ゆうべここに一緒に来た男と関わりがあるのだな？」

この先黙っていては、さらに心底を探られると思った定五郎は、すべてを元斎に語ることにした。それと、占いでもって矢ノ吉の居どころを、探り当てることができるかもしれないとの考えもよぎった。

「そこまでお見通しとあっては、話さなくてはなりませんな。実は……」

定五郎は、吾妻橋の上で矢ノ吉と出会ったところからを語った。

「……てなわけで、五両を矢ノ吉って男に渡したんですわ」

自分の胸の内に押さえているよりも、語り終えて定五郎はいく分気持ちが軽くなるのを感じた。

「それにしても、聞きしに勝るお人よしですな。さすが、けったい長屋に相応しいお方だ」

「あまり、馬鹿にしないでくださらんか」

「いや、馬鹿になんぞしてない。立派なお方だと、感服してるところだ」

「三両は自分のものとしてあきらめもつきますが、払いの二両まで渡してしまった。それで夜中、かかあとひと悶着あって……」

そのとき定五郎の脳裏に思い浮かぶことがあって、言葉が止まった。

――そうだ、元斎さんは俺んちの隣だった。

しかし、定五郎はそれを気持ちの中に押し留めた。何も知らぬこととして、その先を語る。

「どうも手前は、騙りに遭ったのではないかと。それで、今夜も吾妻橋に来てみたんだが、いないのは当たり前ですよね」

「なるほど。だが、その矢ノ吉という男、見つかるぞ……おそらく」

「そんな気休めは言わんといてください。かえって、気持ちがめげる」

「いや、気休めなんかではない。だが、独りで捜すというのは無理があるな。定五郎さんには、いい仲間がおるじゃないか。ぬけ弁天の菊之助とか灸屋の兆安、それと大家の高太郎ってのが。みんな、困った人たちを見捨てておけん連中じゃないのか？」

「いつの間にか、そんな風になってるみたいで。元斎さんは、それをご存じでしたので？」

「その武勇伝なら、小生の耳にも入っている。その仲間に、小生も加えてもらいたいと思っていたくらいだ」

「でしたら、大歓迎ですよ。ほかにも、将棋の真剣師の天竜さんや、博奕打ちの銀次郎……そうだ、講釈師の貞門さんも仲間に加わってます」

「ほう、貞門さんもか。ずいぶんと多彩な、面子が集まっているな」

「そこに、元斎さんの当たる八卦見が加われば、鬼に金棒ですわ。けったいな長屋の結束が、ますます太くなって固まるってもんです」

多少は煽てが入っているが、定五郎は元斎を強い味方ととらえた。

「その矢ノ吉ってのは、今流行の泣き落とし詐欺ってやつかもしれん。いや、まったくその輩であろう、とんでもない奴らだ。定五郎さんほどの人が騙されたくらいだ、この先も騙される人がまだまだたくさん出てくるだろうよ」

「それで、元斎先生としては、矢ノ吉はどこにいると思いますかね？」

「いや、そいつはここでは分からんよ。落ち着いたところで、筮竹を使って卦を見んとな」

酒を呑みながら占うものではないと、元斎は首を横に振った。

当たるも八卦、当たらぬも八卦というのが占いというものである。その占いよりも、元斎の元にはいろいろと悩める人々が集まってくる。そこから得られる情報が、かなり重きを持つものではないかと、定五郎は元斎をあてにすることにした。

四

元斎が呑み屋の勘定を払い、定五郎が油障子に手をかけたところであった。

「定さん……」

背後からお澄の声がかかった。

「なんだい、お澄ちゃん？」

定五郎と元斎が振り向くと、お澄が額に皺を作り、何か言いたげに体をもじもじとさせている。元斎に目がいくところは、他人には聞かせられない話と思ってのことだと定五郎は得心した。

「ああ、元斎先生なら何を聞かれたってかまわんさ。何かあったかい？」

「ならば話しますけど……」

店も閉店に近い。客は定五郎と元斎だけとなり、お澄は障子戸を開けると縄暖簾を降ろした。

戸口の近くの卓に三人は座った。

「きのう、定さんと一緒に来た人なんだけど……」

「その話を、今しがたまで元斎先生と話してたんだ」

「そうだったのですか。ならば、お話ししてもよろしいですね」

話しやすくなったか、お澄がいつもの表情に戻った。

「きのうの人、どこかで見たようなことがあると、ずっときのうから考えてたんです」

「えっ?」

定五郎が驚いたのには理由(わけ)がある。お澄は滅多なことでは客のことを他人(ひと)に話す女ではない。そこに、重要な意味が含まれているかもと、定五郎は居住まいを正してお澄の話を聞くことにした。

元斎は、占い師の目でじっとお澄の顔を見つめている。

「そして、ようやく思い出しました」

「何を思い出したんで?」

「一年ほど前、ここに一度だけ呑みに来たお客さんが、あのお方だったってことを……」

「よくも、そんな前のことを憶えていたね」

お澄の記憶のよさよりも、定五郎が首を傾げたのは、一年前といえば矢ノ吉は芝の宇田川町で小物雑貨商を商っていたはずであることだ。

「そのときも、きのうの定さんと同じように、二人でいらしてたの。ペコペコと頭を下げる仕草まで、まるで同じ光景でした。そんななんで、何かあるのかなとお話しした次第です」

お澄の話は、それで終わりかと思ったが、もう一言付け加えられる。

「それとあの方、お連れのお客様からお金を受け取ったようで。定五郎さんも同じく、お金を渡していたような……ごめんなさい、余計なことを」

「いや、いいんだ。客が何をしていようが、お構いしないのがお澄ちゃんの信条だろう。それを覆して、よく話してくれた。これで、泣き落とし詐欺というのがはっきりとした」

「やはり、そうだったのですか。それで定さんも被害に……いや、またまた余計なことを」

お澄が、頭を下げて謝った。

「いや、謝るのはいいけど、その一年前に矢ノ吉と一緒に来た客をお澄ちゃんは知っているので？」

「いえ、その人も初めてのお客さん。やはり商人風で、紬の羽織を纏った身形の立派な人でした。どこの誰かとは……いえ、そういえば福井町って言ってたのが聞こえたわ」

「福井町って、浅草御門の近くのか……？」

元斎が、口を挟んだ。

「何を商ってるか、分かるか？」

「いいえ、それは……でも、三十両とかって耳に入りました」

お澄の話は、ここまでであった。

帰路での、定五郎と元斎の歩きながらでの話である。

「福井町の商人ってのは、三十両も盗られたものと思えるな」

「それにしても、額がでかいですな」

「人の形を見て、ぶん取る額が違うのだろうよ」

自分が卑下されたと思い、定五郎は顔を顰めた。だが、二両の金であたふたしてるのだから、仕方ないことだと自分に言い聞かせる。

「あした、その福井町に行ってみますわ」

「福井町といっても広いからな。一丁目から三丁目まである。何を商っているか分からんと、探すに苦労するぞ」

「片っ端から……」

と口にしたが、定五郎は良策ではないと感じた。三十両、騙し盗られましたかなんて、訊いては歩けない。

よい策はないかと、考えながら駒形堂(こまがたどう)の前を差しかかったところであった。

「元斎先生と定五郎さんでは……」

声をかけられ振り向くと、先刻の噂にあった菊之助であった。宵五ツの半ばを過ぎて、菊之助にもいく分酔いが回っている。

「お二人で歩いているとは、珍しいですね」

「花川戸の辻で、ばったり出くわしてな、それでたまには一杯ってことになった」

定五郎が、酒を呑む仕草を交えながら言った。

「それにしても、相変わらず派手な形(なり)だな」

「ええ、こんなのしか着る物がないもので」

朝顔の花があしらわれた女物の単(ひとえ)を、菊之助は着込んでいる。元斎の話に、菊之助は苦笑いを含めて答えた。

「それにしても菊ちゃんはいいなあ、こんな夜分まで遊んでられて」

定五郎が、他人を羨むような、こんな薄っぺらな言葉を吐くのは今まで聞いたことがない。相当気持ちが荒(すさ)んでいるものと、菊之助にはとらえられた。

「いや、ちょっと人と会ってましてね。その男、以前に金を騙し盗られたって聞いたのを思い出して、訪ねてきたのですわ」

「なんだって？」

　菊之助の話に、定五郎と元斎が立ち止まった。

「実は、おときさんから話を聞きましてね。朝から元気がなかったもので、何かあったのかと。いや、余計なことかと思ったんですが……」

「いや、そんなことはいいんだ。そうか、菊ちゃんも心配してくれてたんだ。ありがとうよ、嫌味を言ってすまなかった」

　定五郎が、素直に謝った。

「それで、ちょっと面白い話を仕入れてきたんですが、これから家で話しませんか？」

「ああ、もちろんかまわんとも」

「小生も交ぜてもらっていいか？」

「ええ、もちろんですとも。先生のお見立ても力に……見料はまけて貰えませんかね？」

「そんなもんはいらんよ。気にするなっていうより、水臭いことを言わんでくれ」

　夜の蔵前通りを、三人は並んで歩いた。

大江戸八百八町の、木戸が閉まる刻となった。

夜四ツを報せる鐘が鳴っても、長屋に戻れば時を気にすることはない。

「五両も騙されたなんて、とんだ災難でしたね」

改めて、菊之助が話を持ち出した。

「俺としたことが、そんな詐欺に引っかかるなんてみっともねえ。恥ずかしくて、穴があったら入りてえくらいだ」

悔恨こもる定五郎の声音に、気持ちが分かると菊之助は小さくうなずいた。

「それで、菊之助のほうは、人と会って何を聞いてきたのかな？」

夜が遅いと、元斎が急かすように訊いた。

「定五郎さんと、同じような詐欺の被害に遭った男を思い出しましてね。半年ほど前のことでしたかね……」

「半年前だって？」

菊之助が先を語ろうとするのを、元斎が止めた。

「ええ。やはり、吾妻橋の上で。大晦日（おおみそか）も迫る冬の真っ只中で、今にも雪が降るのじゃないかと、そのくらい寒い晩だったと……」

菊之助が、男から聞いてきた話を語る。

本所中ノ郷(なかのごう)の猿股(さるまた)長屋に住む左官屋の作治郎(さくじろう)が、その帰りに吾妻橋に差しかかったところ。

「――おや？」

ぼんやりと、橋上に人影が見える。下流の欄干に身を寄せ、手を合わせている。さらに近づくと、男は裸足となって欄干に足をかけている姿が提灯の明かりに照らされて浮かんだ。

四十にも差しかかりそうな、商人風の男であった。身形からして番頭か、手代と言ったところである。

今にも大川に飛び込まんとするところを、作治郎が腕をつかんだのは、定五郎の話と同じである。

「――何をやらかそうっていうんで？」

「止めてくださいますな、もうこの世にいたって……」

作治郎の懐は、二十両という金で膨らんでいる。娘が嫁に行くというので、親らしいことをしてあげようと、親方から借りてきた金である。

「死にたくなるには、何か事情(わけ)があるんだろう……金かい？」

「お武家様のところから集金した金を失くしてしまい、その金がないとお店は潰れてしまい戻るに戻れず、死んでお詫びをしようと、吾妻橋の上まで来てしまいました。後生ですから、死なせてください」

作治郎の手を振り解いて、欄干に手をかける。

「死なせてくれ、死んではならねえとのやり取りがいく度かあったのですな」

菊之助はここでいったん話を置いて、煙草に火をつけた。

一服吸って、雁首に残る煙草の灰を、ガツンと音を立てて飛ばした。そして、おもむろに——。

「矢ノ吉ってのが、死のうとしていた男の名で」

「それで、作治郎さんは、矢ノ吉って男に金を渡したので？」

驚く表情で、定五郎が問うた。

「ええ」

うなずきながら、菊之助が答えた。

「菊之助は、なんで作治郎さんの話を知ってたのだ？」

元斎の問いであった。

「作治郎さんは、これがやってた居酒屋の常連でしてね」

　菊之助が、小指を立てて語る。

「おれはけったい長屋に住む前、お島という女と一緒にいたことがありまして……」

　そのお島は強盗に襲われ、あえなく命を落とし今はこの世にはいない。それを黙して菊之助が語る。

「作治郎さんとは、そんときからの知り合いでして。二月ほど前、吾妻橋の袂でばったりと会い、そんな話を聞きまして。そんときは、男気があると思ってただけですが、定五郎さんの話を聞いて……うまい具合に住んでるところも知っていたので、訪ねてみたんですわ。裏長屋に住む貧乏所帯だってのに、作治郎さんは親方に借りた金を作ろうと、朝から晩まで必死になって働いている。おれが定五郎さんの話をするまで、詐欺に遭ったことは知らなかったようで、ガクリと肩を落として泣いてましたわ」

　菊五郎は、そこで作治郎の話を詳しく聞いてきたと言う。

「つくづくいい人なんだな、その作治郎さんてのは」

「ええ、本当に馬鹿がつくほど誰かさんとおんなじで……けったい長屋に住んでもらいたいですよ、ああいうお人は」

　菊之助の話に、定五郎は恥ずかしそうにうな垂れて見せた。

五

これで定五郎を含め、泣き落とし詐欺に遭った男を三人知った。ほかにも、そんな被害に遭った人々がたくさんいるものと想像できる。

福井町の商人が詐欺にかかった場所は分からないが、あとの二人は吾妻橋の橋上であった。落語の噺にも似た手口で、善良な人の心につけ込んだ、卑劣な犯行である。

「絶対に許しちゃおけねえ」

キリリと、奥歯を軋ませながら憤怒を滲ませ定五郎が言った。しかし、矢ノ吉という男の居どころを探りようがない。

「なんで、矢ノ吉が住んでいるところを訊かなかったのだ？」

元斎が、定五郎に問うた。

「橋の下が塒じゃ、訊きようがありませんわ。それに、矢ノ吉って名も、騙っていると思われますがね」

菊之助が、定五郎の代わりとなって答えた。

「となると、まったく手がかりはないってことか」

「いや、ちょっと待ってくださいよ」

定五郎が、眉を顰め首を傾けながら口にする。

「菊ちゃんの話に出ていた矢ノ吉ってのは、四十前って言ってたよな」

「ええ。そう聞いてきましたが……」

「俺が騙りに遭った矢ノ吉は、四十も半ばの貧相な男だった。たった半年で、五歳以上も老けることはねえだろ」

「ということは、矢ノ吉は一人や二人じゃないってことか？」

菊之助は、定五郎が会った矢ノ吉の齢恰好までは、おときから聞いていなかった。

「もしかしたら、矢ノ吉はいく人もいて、あちこちで金を搾取しているのかもしれんな」

「ということは、どこかにそんな組織があるってことですかね？」

「掏りの集団のように、元締めがいてか……？」

菊之助の疑問に、定五郎が重ねた。

「そういうことも、考えられる」

それには、元斎が答えた。そして、さらに言う。

「もしかしたら……ちょっと、卦に出るかもしれんぞ。そこにある、文机を貸してくれんか」

文机を引き寄せると元斎は、抱える包の中から筮竹などの、八卦見の道具を取り出した。厳かな手つきで、筮竹を手繰る。

願をかけ、五十本の筮竹から一本抜いて、筒に立てた。この一本は陰陽の根源太極を表す。

易の所作を、菊之助と定五郎は黙って見やる。

残りの四十九本を「えいっ！」と気合を込めて、左手天策、右手地策に二分する。天策に残った本数で卦を見る。

「四震陽爻……」

何を言っているのか、菊之助と定五郎には理解ができない。

その所作を数回繰り返して、元斎は筮竹を筒に収めた。

「うーむ、卦が出た」

やがて、唸るような声を発して元斎は卦を語る。

「最初に出た卦は、四震陽爻……雷を表す。次に表れたのは水を意味する。海、川、雨などに関わる卦である。次に出たのが風の方角……南と出ている。それも三日以内とな」

易の見立てはそこまでである。いつどこでとまでは、はっきりとは出せないが、易とはそういうものである。あとは、自分らで判断していくほかはない。

「そこまで出れば、こいつはしめたものですぜ」

菊之助が、見立てを頼ると言う。

「菊ちゃんには、何か読めるか？」

「ええ、いくらかは。まず最初に出た卦が、雷を表すと言いましたよね。これは浅草寺雷門。水は大川とくれば、吾妻橋ってことになるでしょう」

「なるほど」

定五郎は得心してうなずき、元斎はニコニコと笑っている。

「その南といえば両国橋、新大橋、永代橋となりますよね。そのいずれかで、三日以内に誰かが騙される……ってなことでしょう、元斎先生」

「そこまで細かく卦は出せんが、そういうとらえ方をするのが、占いというものだ」

「そうか、分かったぜ」

菊之助が、ポンと手を叩いて語り出す。

「四日後は、隅田川の川開きだ。そうなると、橋は鈴なりに人が押し寄せる。そうなる前の、ひと稼ぎってことになりましょうかね」

五月二十七日は、隅田川の川開きである。両国橋付近で打ち上げられる花火に、江戸の町民がこぞって大川端に集まってくる。それからしばらく秋までは、大川端は夕涼みなどでどこも賑わいを見せる。

「となると、どこの橋……そうか！」

今度は、定五郎が気づく番となった。

「何か、思い当たりますかい？」

「ああ、なんとなくな。両国橋、新大橋、永代橋の中で一番人通りの少ない橋といえば……」

「新大橋か？」

定五郎と菊之助のやり取りである。

繁華街が両岸にある両国橋と、永代島と深川を渡す永代橋は、夜になっても人通りが絶えない。人がほとんど通らぬところで、泣き落とし詐欺はおこなわれるのがこれまでの所業だ。

「獲物は一人でいいからな。提灯をぶら下げて、歩いて来た男を狙って雪駄を脱ぐんだろうよ。そのまま通り過ぎていってしまえば、また次を狙えばいいことだからな」

自ら獲物となった経験から、定五郎は相手の手口を読み取ることができる。

「だったら、誰か獲物となって、罠を仕掛けたらいいのではないかな？」

元斎が、案を出した。

「うってつけの男がいますぜ」

「誰だい、そいつは？」

「大家さんでんがな」

元斎の問いに、菊之助は上方弁で答えた。

大家の高太郎に一役買ってもらうことにする。今は寝ているだろうから、明日の朝、菊之助から高太郎に話をする段取りをつけた。

「卦が外れたら、申しわけないがの」

「もし当たったら、大先生ですぜ。それと、そこまでおれは占いというのを信用しちゃいませんよ」

「徒労に終わったら、俺は五両をあきらめるだけだ。反物の卸元に、土下座をすれば許してくれるだろう」

そう気持ちを切り替えれば、心も軽くなると定五郎は努めて明るい顔を見せた。

「それで、手はずなんですが……」

三人の話は、夜半までつづいた。

翌朝、菊之助は大家の高太郎を訪ねた。

「なんでっしゃろ、頼みってのは？」

どうせ金のことだろうと、高太郎は高を括った。

「五十両を持って、この三日の間新大橋の上に立ってもらいたいんだが」

菊之助が、いきなり切り出した。

「なんですって？　なんだか要領がつかめん話でんな」

「実はおとといの晩、呉服屋の定五郎さんが騙りに遭ってね……」

高太郎には、詳しく話をしなければならない。普段以上の真顔となって、菊之助は経緯を語った。

「他人の善意につけ込んで、悪いやっちゃなあ。そんなの放っておいてはあきまへんで」

高太郎も憤りを口にする。

「それでな、大家さんにも一役買ってもらおうと思ってんだ」

だが、高太郎の返事はすぐにはない。何かをためらっているようだ。

「どうかしたんかい？」

「話はよう分かりましたが、どうも……」

「なんだか、乗り気じゃないようだな？」

「いや、そんなことはないんやが。この三日は頓堀屋は、目が回るほど忙しゅうて。大川の川開きでもって柵を作るのに、材木が……」

「そりゃ、繁盛してよろしいでんな。金儲けに血眼になるのは、それはけっこう、たんと儲けなはれ。だがそこに情を忘れたとあっちゃ、おれの背中の弁天様が許しちゃくれませんぜ」

　上方弁と江戸弁が混じった菊之助の啖呵を、高太郎は閉口して聞いている。菊之助に、そう出てこられるのが、高太郎としては一番弱い。

「だけど、どないしょうか。わてが店におらんと……」

「いつぞや、お亀ちゃんを助けたのは誰のおかげだったたっけ？　その件にはおれは絡んでなかったけど、たしか定五郎さんが骨を折ったと聞いてますが」

　菊之助が、二の矢を放った。

「仕方おまへんなあ。定五郎はんまで持ち出されては、もういやとは言えまへんがな」

　渋々ながらも、高太郎は菊之助の頼みを受け入れた。

六

川の橋上を詐欺の仕事場とすれば、人の動きが活発となる夏場は向かない。

川開きの前に、一稼ぎしておこうというのは、誰しもが予想できるところである。

千住大橋から下流に向かい、隅田川には四つの橋が架かっている。そのうち、仕事がしやすいと思われる、人の通りが少ない橋は吾妻橋と新大橋である。現に分かっているだけでも三人が、吾妻橋で被害に遭っている。

武家町である浜町（はまちょう）と、幕府の御籾蔵（おもみぐら）を渡す新大橋は昼間でも人の通りは少ない。夜になると、なおさら少なくなるが、まるっきり人が通らないわけでもない。そのたまに通る提灯を見かけては、仕掛けに入るのが詐欺師の手口だと考えられる。

当たらない公算も強いが、理屈からしてあながち外れてもいない読みである。

三日以内に騙りの男が新大橋に来ると、元斎の立てた卦を信じることにした。

夜の帳が下りて、さらに半刻。大江戸八百八町が寝に入るころが、詐欺師の書き入れどきである。その刻を、宵五ツ前後と読んだ。

材木を運ぶ大型の川船に、船頭一人を含め、総勢十人が乗り込む。船は頓堀屋所有のもので、船頭はそこの奉公人である。普段は重い荷物を運んでいるので、船の手繰りは手馴れたものだ。

けったい長屋の男衆(おとこし)が、揃って乗っている。

定五郎と菊之助はもとより、元斎は自分の卦が当たっているかどうかを確かめたいと同行する。灸屋の兆安に、この日は賭場がないと壺振師の銀次郎も加わる。話の種にしたいと講釈師の金龍斎(きんりゅうさい)貞門、定五郎に先(せん)だっての借りを返すと真剣師の天竜、そしていつも世話になっていると、大工の政吉までがついてきた。そこに、詐欺の囮(おとり)となる大家の高太郎が加わる。

両国橋界隈は、打ち上げ花火の足場工事で、夜になっても騒がしい。新大橋は、その十町ほど下流にある。

「もうすぐ着きますぜ」

暮れなずむ中に、新大橋がぼんやりと見えてきた。橋の上には三つ四つの、提灯の明かりが左右に行き交っている。

暮六ツを、四半刻ほど過ぎたころである。

まだ早いので、一行は船の上で夕餉を取った。かみさん連中が作ったにぎり飯と手料理に舌鼓を打つ。それだけでは寂しいと、多少の酒も用意してある。まるで、川遊びの風情であったが定五郎と菊之助は真剣である。それと、高太郎は囮役として、顔が引き締まっている。あとの連中は、半分物見遊山といったところである。

「大事な用件が待っているんで、あまり呑み過ぎないでくれよ」

定五郎が釘を刺した。

「分かってるって、定五郎さん。ああいった悪い奴らは俺の針で、プツッと急所を刺してやるから心配するな」

「そうだ。俺の投げ駒の威力を見せつけてやる」

天竜は、最近投げ駒の技を修得している。古くなって使わなくなった将棋駒を加工し、得物としている。これも、先だって元の女房と娘が拐かしに遭ったことから、護身のためにと会得した飛び道具であった。

周囲に闇が訪れ、一行は東岸と西岸に分かれた。

東岸には菊之助、銀次郎、貞門、そして天竜がつく。

西の浜町側には定五郎、兆安、元斎、そして政吉が控えた。役に立つ立たないはともかく、数さえいれば心強くもある。

高太郎は、西岸で出番を待った。

すっかりと夜の帳が下りて闇が支配すると、めっきりと人の通りが少なくなった。

やがて、宵五ツを報せる鐘の音が聞こえてきた。ここで聞こえるのは、日本橋石町の時の鐘か。しかし、それらしき男の気配はない。

「今夜は現れないのか？」

同じ言葉が、両岸で吐かれた。

あと、半刻ほど待つことにしている。宵五ツ半を過ぎれば、この夜は来ないとあきらめることにしている。

いずこに戻るか分からないが、町木戸が閉まる夜四ツ近くになっての犯行はないだろうと読んでいるからだ。

来るとすればこの日と、菊之助は踏んでいる。別段根拠はないが、なんとなくの勘どころである。しいていえば、川開きに近くなればなるほど、人の出が多くなってくると思えたからだ。

宵五ツの鐘が鳴って、さらに四半刻ほどが過ぎた。

この夜は来ないかと、誰の頭にも半分あきらめがよぎったそのとき。

東岸のほうで、動きがあった。

西岸から見ると、小さな提灯の明かりが行ったり来たりしている。

それらしき男が橋を渡るという、銀次郎からの合図であった。橋の袂から少し離れたところにいるので、相手が気づくこともない。

「来たみたいだな」

深川側から橋を渡ってくる、ぶら提灯の明かりが見えた。その明かりが止まることなく渡れば、ただの通行人である。

提灯が、橋の頂上に来たところで、ふと明かりが消えた。橋の上は、提灯一つ見えず、暗黒となった。

「あれだ」

東西の岸で、一行は橋の袂に近づいた。

「さてと、行きますかいな」

しばらく待ち、高太郎が明かりのついた提灯を持って動き出す。その気配は、対岸にも伝わった。

「大家さんが、動き出したぜ」

誰にともなく、菊之助が声をかけた。

高太郎の提灯が、橋の中央に近づいていく。提灯の明かりだけが、橋の袂からは見える。

深川側で商人風の男が、橋を渡ろうと近づいてきた。行きすがりの通行人である。

「すいません。ここで、しばらく待ってくれませんか……提灯の灯を消して」

「なんでだい？」

商人が、声音に憤慨を混じえて訊いた。

「今、橋の上で……」

弁が達者な貞門が、早口で説いた。

「分かった。協力しますぜ」

すんなりと商人は理解してくれて、貞門の語りが役立った。東西に分かれたのは、こんなこともあるかと思ったからだ。

橋の上では、高太郎が一歩ずつと近づいている。すると、提灯の動きが慌しくなった。

「やはり、何かあったな」

提灯の動きだけで、判断ができる。あとは、高太郎がうまくやってくれるかどうかにかかっている。

高太郎が、橋の中ほどに差しかかったところであった。

ぼんやりと見える人の気配に、手を伸ばして提灯の明かりを向けた。欄干に寄りかかる人影が見える。草履を脱ぎ、貫に足をかけ、高欄の笠木に手をあてて今にも飛び降りんとする体勢である。

「こらあかん」

高太郎は、相手に聞こえるほどの声を発した。

「何をしてはんのや？」

男の足は、橋の敷板から離れ浮いている。高太郎は、相手の脚にしがみついた。

「離してくれ」

男は、脚を激しく揺すり、押さえつける手を振り解こうとする。

――どうせ飛び込まんくせに。

と思いながらも、高太郎は腕に力を入れた。相手も迫真の演技なら、高太郎も負けてはいない。

「何があったか知らんけど、死ぬのはあかんて」

高太郎は、橋の袂に向けて怒鳴り声を飛ばした。その声は、両側の袂に届いている。

やがて男は大人しくなって、敷板に足をつけた。

「いったい、どないしたんや？」

高太郎が、提灯の明かりを向けると、四十を過ぎたあたりの痩せた男の顔が浮かんだ。矢ノ吉という名の男の人相は聞いていたが、着ている物が紬織の上等なものだ。小袖と羽織が同色で、かなり上等な着物である。定五郎が騙りに遭った男とは、かなり様子が違う。だが、高太郎は同一人物と取った。男の顔に、大店（おおだな）の主が醸し出す、品性というものがない。そのあたりは、高太郎も亡くなった父親や、祖父を見てきているので分かる。

「上方（かみがた）のお人で？」

「そや」

詳しく語ることはないと、高太郎はその一言で済ませた。

「どないしたんや？　端から見て尋常ではありまへんでしたで」

「いや、もう生きてはいけん。いや、やはり……」

男は再び高欄の笠木に手をかけ、貫に片足をかけた。

「いい加減にしなはれ！」

さらに声音を高めて、高太郎は怒声を放った。

「大家さん、うまくやっているようだな」

高太郎の声が聞こえ、菊之助はニヤリとほくそ笑んだ。

橋の上で、男と高太郎のやり取りがはじまった。

「ことと次第によっちゃ、わてが力になってやるさかい……」

高太郎も、飛び切り上等な着物を身に纏っている。見るからに、お大尽の息子を彷彿とさせている。

これに男は乗ってきた。

「手前、日本橋富沢町でお武家相手に金貸しをしている『伊野屋』の矢ノ衛門と申します」

――矢ノ吉ではなく、矢ノ衛門かいな。

似ている名なので、同一人物と取れる。

なんで同じような名をあちこちで使うのかと、高太郎は疑問に思った。だが、その思いはおくびにも出さない。

矢ノ衛門が、身の上を語りはじめる。

死に場所を求めてさ迷い歩いているうちに、新大橋に辿り着いたと言う。

「だから、なんで死のうとしてたんや？」

「浜町に住む大身のお旗本に、二百両の金を貸付けましたが一向に……」

グダグダと事情を語るが、高太郎の耳には入っていない。

「その金を集金できぬと手前は……手前は……嗚呼、もう終いだ」

嗚咽を漏らすと同時に、矢ノ衛門は敷板に頽れた。

「二百両までは手持ちにありまへんが、五十両なら……」

「ああ、その五十両でもあればなんとか凌ぐことができます」

満額でなくても、五十両は大仕事だ。顔はほくそ笑み、言葉は涙声となる。

「それで、親子四人路頭に迷わずに済む。絶対に返しますから、お貸し願えませんでしょうか？」

拝むように、高太郎に向けて手を合わせている。

「この金でご家族が助かるんでしたら、喜んでお貸ししましょ」

言って高太郎は、五十両の入った財布を、ひざまずく矢ノ衛門の前に置いた。

「助かります。ありがとう……」

土下座をして、高太郎に礼を言う。矢ノ衛門の頭が下を向いている隙に、高太郎は提灯の明かりを、東西の袂に向けて振った。

矢ノ衛門が頭を上げたときには、九人の男に囲まれている。

「こいつに間違いないぜ」

顔を知っているのは、定五郎だけである。

「俺の顔に、見覚えがねえかい？」

五人が手にする提灯の明かりで、橋上は昼間のように明るくなっている。

「あっ、あんた……？」

「五両を、返してもらいてえと思ってな」

定五郎の凄みのある声音に、男の肩はガクリと落ちた。

七

浅草諏訪町までの帰りの船には、船頭を含め十一人が乗った。

「煮るなり焼くなり、好きにしろい！」

矢ノ衛門こと矢ノ吉は開き直ったが、船の上では相手にする者はいない。むしろ、その無言に、矢ノ吉は怯えを見せている。

矢ノ吉を捕まえ、どうこうしたところで解決ではない。その先にある、一味を壊滅させねば、泣き落とし詐欺の被害者が絶つことはない。

一味の隠れ屋を探すために、矢ノ吉は格好の捕虜となった。

けったい長屋の面々は、無下には手荒な真似はしない。今夜一晩まともな食事を与え、寝るところも用意してある。

一夜の男の宿は、頓堀屋の物置小屋である。ただし、逃げ出させないようにと、外からは頑丈な南京錠をかけておく。

今夜一晩留め置くのは、矢ノ吉の改心を期待しているからだ。それと、無理やり聞き出しても、なかなか口を割らないのが詐欺師というものである。たとえ口を開いても、出鱈目な供述をすることが多い。なにしろ、口から先に生まれた輩である。

炊き立ての飯に、汁物、香物、そして煮物一品。一汁三菜の本膳に、焼き物が載った二の膳と二合の酒までつけて差し入れた。さすがに焼き物は鯛の尾頭付きとはいかないが、真鯵の塩焼きを一匹丸ごと出した。

北風より太陽の故事に従う。

このもてなしに、矢ノ吉は驚愕するも、魂胆を感じて怯えも見せている。

「いいから食べなよ」

矢ノ吉を相手にするのは、菊之助である。だが、尋問は一切しない。手足を縛ることなく、小屋の中は自由に動ける。以前は人が住んでいたが、今は物置として使っている。なので、用が足したくなったら雪隠もある。

「それじゃ、おれは行くから」

壁にかかる燭台の明かりを一つ残し、菊之助はそう言い残すと外へと出た。そしてガチャッと大きな音を立て、南京錠をかけた。

「それでほんまに、白状しますかいな？」

外にいた高太郎が、不安げに菊之助に問うた。

「ああ、多分……なんとも言えんな」

「なめくさって口を噤んだら、どないするんで？」

「いや、奴は絶対に喋る。あの男がまともになるまで、朝晩ご馳走を食わせるのよ」

「そんな、甘いやり方でよろしいんでっか？」

「あの男は詐欺師軍団の、実行役の一人だ。そいつを手なずけ、裏切らせるのが一番手っ取り早い……と、おれは思っている」

菊之助が、考えを説いた。

「……ほんまにうまくいくんやろか？」

高太郎が、小さな声で呟いた。

次の朝も、矢ノ吉の食事は朝飯としては大層であった。

棒手振り(ぼてふ)の朝吉が売りに来た浅蜊(あさり)の吸い物に、むろ鯵の干物がおかずとして載っている。そこにさらに、金平牛蒡の惣菜と、生卵までついている。ご飯をお代わりできるように、お櫃(ひつ)まで置いてある。

その準備は、頓堀屋に女中で入っているお亀の手により賄(まかな)われている。

「……なんでこんなに丁重なんだ？」

矢ノ吉が、朝飯を摂りながら呟きを漏らす。

「いや、このあとに手酷い尋問が待っている……いや、そんなことはしねえだろう。だったら、なんでこれほどのもてなしをしやがる？」

さっさと御番所につき出さないのも不気味である。矢ノ吉の気持ちの中で、陰と陽が縺(もつ)れ合った。それでも、食欲はある。

ご飯を三杯たいらげ、矢ノ吉は満腹となった。やがて、南京錠を外す音が聞こえ、入ってきたのはお亀一人であった。

腹も満たし、矢ノ吉に力は漲(みなぎ)っている。痩せているとはいえど十七、八の娘の一人や二人なら手荒に押さえつけることができる。娘を人質にすれば、ここを出られるかもしれない。そんな思いが、矢ノ吉の脳裏をよぎった。

「あら、ご飯を残らず食べていただきましたのね。よかった、みんな食べていただけて」

お亀は、膳を下げに来たのであった。矢ノ吉に背中を向けて、膳のあと片づけをしている。

外に、見張りがいる様子もない。

「……やるなら、今だ」

矢ノ吉の呟きは、お亀には聞こえていない。物置小屋なので、得物とするものはいくらでもある。矢ノ吉は立てかけてある、長さ三尺ばかりの棒きれを手にした。それを、頭上から振り下ろそうと上段に構えた。「えいっ！」と気合をかければ娘は倒れ、人質にするまでもなく、難なく逃げることはできる。

矢ノ吉の腕に、わずかながらも力瘤ができた。精一杯の力が、三尺の棒に伝わる。そして、半歩繰り出し振り下ろそうとした既(すんで)であった。

「あなたさんは、罪なお人」

お亀が、背中向きで言った。

「なんだって？」

声が通らなかったか、矢ノ吉が訊いた。棒を持つ力は抜けて、先っぽが地面に向いている。

「親切でいい人たちを騙すなんて、罪なお人と言ったのです」

お亀は振り向き、矢ノ吉と向き合った。

「ここのお人たちは、どんなに悪い人でもちゃんと向き合ってくれる。こんなに親切にするのも、だんなさんが真人間になってくれると信じているからなのよ」

二十歳以上も年下の、お亀の説法に矢ノ吉の首はうな垂れを見せている。

「かく言うあたしもね、以前は他人様（ひとさま）の懐を狙う巾着切り（きんちゃくき）だったの。だけど、ここの人たちの情にほだされ、すっかりと改心できた」

お亀の言葉は、矢ノ吉の心に届いた。

「そうだったのかい」

「だけど、だんなさんがこれからも悪事をつづけるってのなら、温かいご飯もこれまでだわ。ここの人たち、怒ると本当に怖いのよ。あの、女みたいな格好をした人なんかとくに……」

お亀の言葉が止まったのは、戸口に人影が見えたからだ。

「すまなかったな、お亀ちゃん」

「あら、菊之助さん。今、噂をしてたのですよ」

「ああ、聞いてたよ。どうやらお亀ちゃんの説教で、余計な手間が省けそうだ。これからは、おれに任せてくれ」

「分かりました」

お亀が膳を下げ、いなくなったと同時に矢ノ吉は土下座をして床に両手をついた。

「すまなかった」

「謝るんならおれにじゃなくて、今まで騙してきた人たちに詫びるんだな。これまで、どれほどの人たちを騙してきたい？」

「俺だけで十……いや、十五人はいる。俺は泣き落とし専門で、別の手口で騙す奴もいる」

矢ノ吉が、きのうとは見違えて素直になった。

「息子や娘を騙って文を出し、金をせびり盗るって手口か？　それならおれも聞いたことがある。それにしても、よくそんなんで金が騙し盗れるもんだな？」

「それでも騙される人ってのは、けっこう多くいるもんで。息子や娘の窮地に、親も理性を失うんでしょうな」

自分は騙されないと思っている人ほど、意外と簡単に手の内に乗ってしまうと矢ノ吉は言った。

「騙りの仲間は、いく人いる？」

「文三郎（ぶんざぶろう）というのを頭（かしら）に、六人だ」

「一味の、宿（やさ）はどこある？」

「浅草御門近くの、福井町ってところ」

「……福井町？」

聞き覚えがある町名に、菊之助の首がかしいだ。

「一丁目にあるしもた屋を、隠れ家にしている」

「嘘を言いな。本当のことを言わねえと、こっちも堪忍袋（かんにんぶくろ）の緒が切れるぜ」

菊之助の声音が野太くなった。眼光を鋭くして、矢ノ吉を威嚇する。

「嘘なんかじゃねえよ」

「あんたは一年ほど前に、福井町に住む商人から三十両の金を騙し盗っただろ？　隠れ屋があるにしちゃ、いささか被害者と近いんじゃねえのか」

「なんでそれを？」

「なんでだっていいだろ。こっちには、なんだって見通せる偉い易者がついてるんだ」

「だったらそれは、さっき言った文三郎って頭だ。そういえば、花川戸の居酒屋で……そういうことだったか」

語尾のほうは、菊之助に伝わっていない。

「あのときは、あっしが仕事をしてきて、その獲物をお頭に……」

居酒屋のお澄が見ていたのは、矢ノ吉が金をもらうのではなく、渡すところであったのだ。

「もう、なんだって白状しますぜ」

申し訳ないことをしたと、矢ノ吉は再び両手をついて頭を深く下げた。

「ところで、なんで矢ノ吉だの矢ノ衛門って、同じような名を使うので？　そこからすぐに足がついちまうだろうに」

ずっと抱いていた、菊之助の疑問であった。

「あっしの本名は矢ノ吉っていうんだが、なんでだかねえ。強いていえば詐欺師としての意地みてえな……いや、そうじゃねえ。早く捕まえてもらいてえって、そんな気持ちがどこかにあったかもしれませんねえ」

自分でも、はっきりとしたことは言えないという。

「あんたの仲間でほかに、矢ノ吉を名乗る者はいるかい？」

「いや。矢ノ吉は俺一人だ」

「だったら、四十歳くらいの男で……」

「俺ら詐欺師ってのは、なんにだって化けますぜ。おでこに皺を書けば四十でも五十でも。少し、着る物を若造りにすれば三十にだってなれますぜ」

矢ノ吉の言葉で、菊之助も得心をする。男の自分でも十七、八の町屋娘から、三十あたりの年増に化けることもある。

それについての問いを、菊之助はそれ以上追求することはなかった。

「あの娘さんのおかげで、ようやくあっしは人としての心が持てましたぜ」

矢ノ吉が、神妙になった。

「これからあっしは御番所に出向き、洗いざらい白状しますわ。ええ、獄門に晒されようと、覚悟は決めましたぜ。そして、もしも生まれ変われたら、まともな道を歩きますぜ。もっとも、行くのは地獄でしょうけど」

矢ノ吉の改心を認め、菊之助は小さくうなずきを見せた。

「いや。御番所に行くのは、もう少しあとにしてもらいたい」

「なんでで？」

「定五郎さんが騙し取られた五両と、半年ほど前の暮の寒い晩……」

「ああ、憶えてますぜ。それで、四十歳がどうのこうのと。たしかあのとき二十両って金を……娘の婚儀のために作った金を……あんときほど、すまねえと思ったことはありませんでしたぜ」

「その金を、文三郎って奴から返してもらおうと思ってな、これからおれたちで踏み込むのよ。お役人を通したら、返ってくるかどうか分からねえからな」

分かっている分だけでも、自分たちで取り返そうと。そのあと、御番所に届け出るつもりであった。

「あっしはできるだけ思い出し、少しでも返すことができるよう、きちんと申し開きしますわ」

ほかの被害者たちには、矢ノ吉の証言から、全額とはいわずも戻すことができるだろう。しかし、十両盗めば首が飛ぶ。矢ノ吉の死罪は免れようもないが、覚悟のほどを聞いて、菊之助は胸の痞えが下りるような心持ちとなった。

八

その夕、菊之助は女形となった。

十八歳の娘に化けて、騙り一味の隠れ家に乗り込む。矢ノ吉を案内に立て、定五郎と兆安、そして駒を飛ばしたいと天竜が同行する。

菊之助が女になったのは、当然理由（わけ）がある。とくに、娘の形（なり）となれば相手は警戒を解く。相手の宿が隠れ家となれば、なおさら娘の身ならば入りやすくなる。しもた屋の、表戸は閉まっている。

「裏の木戸から入れますぜ」

矢ノ吉の手引きで、路地に入った。

「おれが、家の中に入ったら、戸口の外で待っててください」

菊之助だけが、木戸を潜（くぐ）った。そして、戸口の引き戸を開けた。

「ごめんください、どなたか……」

娘の声に近い、裏返った声を飛ばした。

「誰でえ？」

戸口先に出てきたのは、まだ二十代半ばと二十歳くらいの、二人の若い男であった。

「お嬢がなんでこんなところに？」

案の定、相手は警戒を解いている。

「こちらに、矢ノ吉さんというお方がおいでになるとお聞きしまして……」

菊之助の裏声は、これが限度である。それ以上語ると、のどがヒリヒリしてくる。

「矢ノ吉に、なんの用事で？　今は、いねえよ」

「でしたら、文三郎さんという親方は？」

「いるけど、頭……いや、親方になんの話だ？」

「あたしは、伊野屋の娘でお菊といいます」

「伊野屋だって？」

「はい。あたしのお父っつぁんがこちらの矢ノ吉という人から……」

一つ間を空けて、のどを休ませる。

「二十五両というお金を騙し盗られて……」

「なんだと！」

怒号が、家の奥にまで届いたか、五十歳前後の頭が薄くなり、ようやく髷が束ねられる男が姿を現した。

「何を大騒ぎしてるい？」

「この娘が……」

年上の男が、文三郎の耳元で囁く。

「なんだと！」

文三郎の驚く顔を見て、菊之助の娘の声音はそれまでとなった。

「おい、聞いたかいお頭。そんなわけで、親父が騙された二十五両、とっとと返してもらおうじゃねえか」

野太い声で、菊之助が恫喝(どうかつ)する。

「おめえは、男か？」

さらに、文三郎が驚愕の表情を見せた。

「そんなこたあ、どうでもいい。すんなりと金を返してもらえたら、おれは大人しく引き下がるぜ」

「うるせえ！　てめえみてえななよなよした、男おんなの言うことなんかきけるけえ。おいてめえら、かまわねえからやっちめえ」

文三郎の怒号に、奥からさらに二人出てきた。

矢ノ吉が言ったのが本当なら、ここで全員雁首をそろえたことになる。

五人が一斉に匕首(あいくち)の鞘を抜き、鋒(きっさき)を菊之助に向けた。

「刃の鋒を、おれに向けるんじゃねえ。頭がクラクラする」

菊之助は子供のころ、烏(からす)に頭をつっつかれたことがある。それが今でも、心の痛みとして残っている。刀の鋒が、烏の嘴(くちばし)に見えて仕方がない。

「どうしても、返してもらえねえようだな。よし、分かった」

菊之助はここで、振袖の片肌を脱いだ。二の腕の、緋牡丹の彫り物を晒した。

「この緋牡丹に懸けても、二十五両どころかてめえらの持つ金を全部、騙りに遭った人たちに返してもらうぜ」

「うるせえ、こんな野郎……」

文三郎が、手下をけしかけたと同時であった。ガラリと引き戸が開いて、三人の男が入ってきた。

その中に、矢ノ吉はいない。月番である、呉服橋御門近くにある北町奉行所へと向かっていたからだ。

「菊ちゃん、これ」

定五郎が菊之助に手渡したのは、木剣であった。

「一人として、逃がしはしねえぞ」

定五郎が、帯止めの紐をしごきながら言った。

一人、若い男が四人の間をすり抜け、外へと逃げていく。

天竜はここが出番と、男の背中に向けて飛車を飛ばした。駒先を鋭く、そして遠くに飛ばせる工夫がしてある。飛車がまっすぐ飛んで、男のうなじに命中した。

「おっ、当たった」

初めて、人に向けて投げた将棋の駒であった。

天竜は、男が倒れたところに近寄り、さらに当身をくれて動けなくさせた。

定五郎の、長い紐の先には、般若の帯止めがついている。シュルシュルシュルと音を立て、紐が二十五半ばの男の首に巻きつく。

「暴れると、首が絞まるぜ」

苦しがる男の腹に、拳で一撃加え動けなくした。

その隙に、兆安はあとから出てきた三十前後の男の背中に回り、体の神経を麻痺させるツボに鍼を刺した。

痺れたように、男は床に這いつくばる。

菊之助の木剣が、四十歳男の腹を打っている。

これで、四人の手下が動けなくなった。

文三郎一人を、菊之助たち四人が取り囲む。

「さあさ、二十五両返してくれ。金のあるところまで、案内しな」

「分かったよ。二十五両返せばいいんだな?」

「ああ。素直に返してもらえれば、手下たちは痛い思いをしなくて済んだんだ」

この要求に、文三郎は従った。

「手下の中に、矢ノ吉て男はいないようだな?」

「きのうから、帰ってこねえ」

定五郎の問いに、文三郎は疑うことなく答えた。

「そうかい。だったら、しばらく寝ていな」

二十五両受け取ると、定五郎は怒りに任せて、文三郎の腹に一撃見舞った。

五人を一部屋にまとめ縛り上げると、引き上げることにした。

半刻後には、捕り方役人が大勢してやってくるはずだ。

帰り道で、四人が横並びになっての会話である。

「あとを、御番所に任せておいていいのかい？」

天竜が、菊之助に問うた。

「定五郎さんの五両と、本所の左官屋の作治郎さんの二十両を取り返すのが目的だったので。この二人しか、被害者の名を知らないですから」

「あとは、御番所が調べるでしょうよ」

菊之助の話に、兆安が乗せた。

「矢ノ吉は、死罪になるんだろうな？」

「さあ、どうなるのか。ただ、人の心を取り戻したってことで、少しは情状を認めてくれることもあるんじゃないかとは思いますけど……」

これればかりは、菊之助でも分からない。

「……そういえば元斎先生は、いい風が吹くと言ってたな」

菊之助が呟く。当たるも八卦、当たらぬも八卦が占いというものだが、このたびは見事に当たった。

――意外と大先生なのかも。いや、定五郎さんの隣でもあるしな……。

菊之助が思ったところであった。

「俺の奢(おご)りだ、これから呑みに行こうぜ」

と、定五郎の声がかかった。

「だったら、大家さんと元斎先生も呼びましょうよ。そうだ、政吉も連れていかないといかんな」

菊之助が提案する。

「いつも、大家さんには金を出させてすまねえからな」

定五郎の、遠慮がちの物言いであった。

「いや、今度ばかりは定五郎さんの奢りですぜ。みなさん、ずいぶんと役に立ったもんですからね。そうだ、もう一人銀次郎を忘れてた」

「あいつは、今夜はどこかの賭場で壺を振ってますぜ」

兆安の言葉に、菊之助が答えた。

浅草諏訪町に戻って、けったい長屋の宴会だという。儲けの三両で足りるかと、定五郎は懐の心配をした。

二見時代小説文庫

無邪気(むじゃき)な助(すけ)っ人(と)　大江戸(おおえど)けったい長屋(ながや)2

著者　沖田正午(おきだしょうご)

発行所　株式会社　二見書房
〒一〇一-八四〇五
東京都千代田区神田三崎町二-一八-一一
電話　〇三-三五一五-二三一一［営業］
〇三-三五一五-二三一三［編集］
振替　〇〇一七〇-四-二六三九

印刷　株式会社　堀内印刷所
製本　株式会社　村上製本所

落丁・乱丁本はお取り替えいたします。
定価は、カバーに表示してあります。

 ISBN978-4-576-20129-0
https://www.futami.co.jp/

沖田正午

殿さま商売人 シリーズ

未曽有の財政難に陥った上野三万石烏山藩。
どうなる、藩主・小久保忠介の秘密の「殿様商売」…!

殿さま商売人 完結

① べらんめえ大名
② ぶっとび大名
③ 運気をつかめ!
④ 悲願の大勝負

将棋士お香 事件帖 完結

① 一万石の賭け
② 娘十八人衆
③ 幼き真剣師

陰聞き屋 十兵衛 完結

① 陰聞き屋 十兵衛
② 刺客 請け負います
③ 往生しなはれ
④ 秘密にしてたもれ
⑤ そいつは困った

麻倉一矢

剣客大名 柳生俊平

シリーズ

以下続刊

① 剣客大名 柳生俊平 将軍の影目付
② 赤鬚の乱
③ 海賊大名
④ 女弁慶
⑤ 象耳公方
⑥ 御前試合
⑦ 将軍の秘姫
⑧ 抜け荷大名
⑨ 黄金の市
⑩ 御三卿の乱
⑪ 尾張の虎
⑫ 百万石の賭け
⑬ 陰富大名
⑭ 琉球の舞姫
⑮ 愉悦の大橋
⑯ 龍王の譜

徳川家御一門である久松松平家の越後高田藩主の十一男は、将軍家剣術指南役の柳生家一万石の第六代藩主となった。伊予小松藩主の一柳頼邦、筑後三池藩主の立花貫長と一万石大名の契りを結んだ柳生俊平は、八代将軍吉宗から影目付を命じられる。実在の大名の痛快な物語！

藤木 桂

本丸 目付部屋 シリーズ

以下続刊

大名の行列と旗本の一行がお城近くで鉢合わせ、旗本方の中間がけがをしたのだが、手早い目付の差配で、事件は一件落着かと思われた。ところが、目付の出しゃばりととらえた大目付の、まだ年若い大名に対する逆恨みの仕打ちに目付筆頭の妹尾十左衛門は異を唱える。さらに大目付のいかがわしい秘密が見えてきて……。正義を貫く目付十人の清々しい活躍！